Italian FIC Arman

Armanino, E.
Storia naturale di u
famiglia.
Caledon Public Library
MAR 2012   3582
PRICE: $41.50 (3582/01   )

DATE DUE

JUL 0 5 2011			
NOV 0 7 2012			
FEB 2 0 2013			
APR 1 4 2013			
MAY 1 0 2013			
JUL 0 2 2013			
NOV 1 3 2014			
MAR 2 8 2015			
OCT 1 4 2015			

CALEDON PUBLIC LIBRARY

I coralli

© 2011 Giulio Einaudi editore s.p.a., Torino

Published by arrangement with Marco Vigevani Agenzia Letteraria, Milano

www.einaudi.it

ISBN 978-88-06-20700-7

Ester Armanino

Storia naturale di una famiglia

Einaudi

Storia naturale di una famiglia

– Cercate di immaginare che cosa significasse «vivere con la propria famiglia».
Cercarono; ma naturalmente senza il piú piccolo risultato.
– E sapete che cosa era il «focolare domestico»? Scossero il capo.
ALDOUS HUXLEY, *Il mondo nuovo.*

Ha ritagliato un quadratino di carta per me. L'ha ritagliato da un articolo di giornale. Mi ha consegnato il quadratino e ha versato la colazione nelle tazze. Leggo le parole dentro il quadratino. C'è scritto che i figli sono le frecce scoccate da un arco. Fuori è inverno, in cucina è primavera, la stagione piú indicata per la muta.

Immergo un biscotto nel caffellatte e dico: tu devi essere l'arco. Mia madre fa un mezzo sorriso e chiude la rivista. Vuole vendere la casa, questo ha in mente quando si alza e sospira. Le forbici cadono dalla sua mano, colpiscono il pavimento e restano lí, nessuno le raccoglie. Una scheggia di piastrella è saltata. Lei fissa la scheggia, è piccola ma riesce a vederla. Poi si aggrappa con le mani al bordo del tavolo, stringe forte la presa e chiude gli occhi come si chiude una casa prima di uscire. Respira piú piano. Rallenta le funzioni vitali. Si ferma.

Da qualche parte ho letto che la muta è la fase piú delicata della vita di un insetto, il momento in cui è maggiormente esposto ai predatori e alle cadute.

Mia madre si è irrigidita e il suo corpo spoglio e odoroso di bagnoschiuma si erge immobile dalla pozza di spugna dell'accappatoio scivolato ai suoi piedi. Solamente la pelle si muove. Fibrilla di piccole contrazioni, scosse nervose che tentano di sfilarla dall'interno. A un certo punto la testa si piega in avanti e un brusco strattone spacca la schiena in due. Tra i lembi del taglio balena un corpo nuovo. Roseo, pulsante, bisognoso d'ossigeno. Da quell'apertura mia madre viene fuori lentamente, un pezzo alla volta. Per prima fa uscire la testa. Ciglia e capelli intrisi di liquido esuviale, labbra non ancora del tutto pigmentate. Poi libera torace, seno e braccia, e si ferma ingobbita a cercare altra energia. Allarga i gomiti fino a scoprire i polsi, le mani guantate di vecchia pelle rimangono ancorate al tavolo. Si solleva sulle punte dei piedi e con piccole oscillazioni del bacino libera i fianchi e le gambe. Allora sfila via anche le mani, si allontana cautamente da ciò che è stata e spalanca gli occhi. Li stropiccia con le nuove mani strette a pugno, porta via il liquido rappreso sulle ciglia.

Rimane a guardarsi. È scossa da un brivido di freddo ed eccitazione. Ciò che è stata non le appartiene piú. Ciò che è stata non appartiene piú a nessuno. Si stringe tra le braccia. È nuda, ha freddo. Abbandona l'esuvia ed esce dalla cucina.

Guardo quel corpo vuoto, ha le sembianze di mia madre ma non si tratta piú di lei. È solo un involucro modellato a sua somiglianza in ogni piú fine dettaglio, che ormai contiene solamente aria e pulviscolo. Mi alzo, l'appallottolo tra le mani e lo spingo nel cesto dei rifiuti. Raccolgo le forbici e le appoggio sul tavolo. Conservo in tasca la scheggia di ceramica e il quadratino di carta.

Poi lei ci chiama in soggiorno, ci consegna degli scatoloni vuoti, dice: riempiteli con le vostre cose.

E dice: crescere è abbandonare.

Dice: possiamo soccombere, oppure possiamo rinascere.

Parte prima

Lenza

Quella casa era mia madre che ci guardava mangiare. Il suo sguardo attento mentre ci chiedeva se era buona la carne, i polsi contro i fianchi nell'attesa di un sí, tutto si riassumeva in lei, ogni porta e ogni finestra, tutto.
Ci guardava mangiare e mio padre diceva: è sciocco, manca il sale. Allora gli occhi di mia madre finivano sulla tovaglia. Non sapeva spiegarsi, e piú o meno è andata sempre cosí. Lui sottolineava mancanze e lei aveva paura di eccedere. Mio fratello mi rubava i ravioli dal piatto, mio padre innaffiava di sale le scaloppine e lo sguardo di mia madre ritornava a posarsi su di noi, dove si è sempre sentito al suo posto.

In quella casa ho trascorso la mia infanzia. A volte ho l'impressione di esserci stata ancora prima di nascere. Mi piaceva percorrerla negli angoli, cercare posti dove potermi rintanare, sottodavanzali o nicchie d'ardesia, piccoli vuoti che sembravano fatti apposta per me e dove spesso mi trovavano addormentata. Bussavo contro le pareti per ricevere una risposta che non fosse il rumore inanimato della pietra. Una parola. Un battito. Invece, niente. Quella casa era solamente un guscio, e quando la sua rigida consistenza si sarebbe rivelata inadatta a trattenerci ancora dentro di sé, ci avrebbe espulsi senza preavviso e noi saremmo rotolati via come piccole perle informi, ormai divisi.

Nel soggiorno c'era un pianoforte. Non lo suonava mai nessuno, cosí certe notti si suonava da solo. Piccole note. Piccoli segni. Seduta sul letto, al buio, ascoltavo quella strana melodia che sembrava provenire da lontanissimo. Non avevo paura. Era come se stesse suonando dentro di me.

Sul pianoforte c'era una fotografia di quando mia madre era molto giovane e assomigliava a Jane Birkin. Il paesaggio innevato alle sue spalle contrastava con il rosso delle guance. Aveva le moffole di montone bagnate di neve, fissava l'obbiettivo con aria minacciosa e le labbra arricciolate in un broncio da bambina. Non le sono mai piaciute le fotografie. E nemmeno la neve. Nemmeno a me.

Tra di noi non c'è mai stata la complicità che si vede nei film. Non le confidavo ogni cosa. E lei lo sapeva. Sapeva che volesse dire per me arrivare a confessarle qualcosa di scomodo, una colpa, un desiderio. Quando accadeva mi sentivo subito leggera, e lei mi spiegava quel senso di liberazione improvviso: una volta che lo dici a me, l'hai detto a te stessa.

Attraversavo mia madre. L'ho amata attraversandola.

Abitavamo sulla circonvallazione. Corsi alberati, bei palazzi di fine Ottocento, anziani a braccetto e bimbi nei passeggini. C'erano una chiesa e una pasticceria ad ogni incrocio. Giornalai, rosticcerie e piccoli supermarket negli slarghi. Cani, moltissimi e di tutte le razze, saltavano le recinzioni delle aiuole per giocare con altri cani, e grandi alberi secolari, per lo piú tigli e acacie, scandivano i posteggi lungo i marciapiedi, ciascuno con la sua medaglietta appuntata alla corteccia, come i cani.

Davanti al nostro palazzo si ergevano quattro tigli e il numero 446 stava davanti alla finestra della mia stanza. Quell'albero mi piaceva e m'incuteva timore al tempo stesso. Le fronde che di giorno erano rifugio per gli uccelli si trasformavano ogni notte in strane ombre che il vento animava sulle pareti della mia camera. Mi sembrava di vedere una strega che cercava di aggrapparsi alle gambe del letto e cosí rimanevo pietrificata sotto le coperte, sforzandomi di respirare senza far rumore, fintanto che il cuore batteva troppo forte ed ero costretta a saltare giú per raggiungere la stanza dei miei genitori.

Dalla porta socchiusa intravedevo il profilo di mio padre russare con la bocca aperta. Ero intimorita anche da lui, restavo sulla porta, bisbigliavo.

Mamma, ho paura.
Lei si svegliava. Forse era sempre stata sveglia.
Che c'è?
Ho paura.
Torna a letto.

Spesso bastava la sua voce. Ritornavo nel letto, mi giravo verso il muro e chiudevo gli occhi. Quando non era sufficiente, percorrevo il corridoio un'altra volta.

Ho ancora paura.

Allora lei, nel buio, faceva quel gesto e un sorriso che non vedevo ma sentivo dappertutto, sollevava le coperte e io mi rifugiavo là sotto, contro il suo corpo tiepido e profumato di crema idratante. Mi addormentavo di traverso, tenendole una gamba sul fianco, e fino a una certa età mi è capitato di trovare anche mio fratello lí con lei, quando mio padre era via per lavoro. Occupava quasi tutta la superficie del letto, aderendo come una stella marina al materasso. Mi ribellavo sottovoce: stai nella metà di papà. Brontolava qualcosa di incomprensibile, restando fermo. Lo spingevo con le ginocchia e lui si spostava di poco. Dormivo cosí, inserita tra i loro corpi che delimitavano il mio.

Mi sentivo un piccolo fiume, scorrevo verso il mare. C'erano pesci d'argento che bucavano la mia pelle con salti e guizzi verso il soffitto. Canne che mi sfioravano la fronte. C'era mio padre, si sedeva sulla riva. Infilava un vermetto sull'amo, lanciava la lenza, aspettava che qual-

cosa abboccasse. I pesci erano spariti. Davo uno strattone improvviso nel dormiveglia.
 Lui girava veloce la manovella.
 Riavvolgeva la lenza.
 Pescava il mio cuore.

Uova

Mio padre era direttore di banca, e tutte le mattine, prima di accompagnarmi a scuola, faceva colazione nel bar vicino alla sede della sua filiale. Là mi consegnava una striscia di focaccia dicendomi di stare buona ad aspettare.
Dovevo aspettare che offrisse il caffè alle sue colleghe. Le riverenze. Le battute ridicole. Quel suo modo di ridere a scoppio. Mi teneva una mano sulla spalla, affettuosa e nervosa allo stesso tempo, la vera nuziale mandava piccoli bagliori attorno alle dita. La sua mano aveva un peso specifico che ricorderò sempre. La sua mano era ostinata e mi tratteneva, mentre lui continuava a ridere e io desideravo scappare, scrollarmi quella mano dalla spalla e raggiungere da sola la scuola.
Erano le sue colleghe a farmi paura. Si muovevano all'interno di una nube di profumi stagionali e indossavano tacchi alti, grandi occhiali da sole, gonne fascianti, collant lucidi e piumini impunturati a fasce orizzontali, simili a giganteschi addomi d'insetto. Sembravano spaventose mantidi raggruppate dove il cibo era reperibile, come si vedeva nei documentari. Depositavano il rossetto sulle tazzine del caffè, e guardando attentamente da vicino si potevano vedere le uova. Piccoli grappoli sul bordo di ceramica, racchiusi in una sostanza vischiosa che veniva espulsa assieme alla saliva. Le deponevano stringendo appena le labbra, come nell'atto di dare un bacio, sfregando delicatamente l'orifizio sulla superficie di contatto per fare aderire le sacche senza danneggiarne il contenuto.

Parlavano, prolificavano, e mio padre non si accorgeva di niente, pagava tutti i caffè. Capitava che le colleghe si affacciassero sulla mia esistenza. Il tintinnio dei braccialetti ne accompagnava la voce. Una di loro, di solito la piú pericolosa, diceva: e come si chiama questa bella bambina?

Le erano rimaste alcune uova tra i denti, visione che mi lasciava inorridita. Non rispondevo e voltavo la testa di lato. Mio padre mi sfiorava la nuca, tentava di addomesticarmi.

Di' a queste signore come ti chiami.

Facevo no con la testa e loro, inspiegabilmente, ridevano. Soffiavano uova anche nell'aria e io mi riparavo dietro il corpo di mio padre. Poi uscivano dal bar abbandonando le uova non fecondate sulle tazze. Tiravo la mano di mio padre verso il basso e lo mettevo in guardia, sottovoce.

Papà, quelle non sono signore.

Lui mi diceva di camminare in fretta, altrimenti avremmo fatto tardi.

Appena arrivata a scuola gettavo la focaccia nella spazzatura dei bagni. Poteva essere stata contaminata e io sarei potuta crescere in modo strano e spaventoso, diventando una di loro.

Mi sedevo al mio posto e aprivo il quaderno a righe. La maestra ci faceva il dettato. Dettava la storia di una casa e di una famiglia, dei fratelli Piero e Lisa e del loro gatto Tigrí, e due domande alle quali avremmo dovuto rispondere per poi fare il disegno. Chi si alza prima e chi dopo, a casa tua? Ci sono degli animali? Io rispondevo brevemente, perché mi piaceva disegnare. Rispondevo che mio padre si alzava per primo e prestissimo a preparare la colazione per tutti, e che avevamo un cane grande e bianco di nome Bell. Non era vero ma suonava interessante, cosí voltavo pagina e disegnavo.

A mezzogiorno e quaranta trovavo mia madre ad aspettarmi fuori dalla scuola. Le borse della spesa ancorate alle dita gonfie e rosse per il peso, il sorriso affannato sul viso. Si metteva a tracolla anche la mia cartella, mi prendeva per mano e andavamo a casa. Facevamo i compiti mentre lei riordinava i cassetti dei documenti, si asciugava i capelli, imbottigliava lo sciroppo di rose. Mio padre ritornava alle sette. Si toglieva le scarpe, la cravatta e la giacca del vestito. Annunciava la sua stanchezza come una minaccia e si buttava a fumare sul divano, per seguire il telegiornale.

Furtivamente entravo nella cabina armadio, afferravo la sua giacca e mi accucciavo in un angolo. Cercavo delle tracce. Immaginavo le colleghe di mio padre deporre uova fresche su di lui. Le scrivanie erano vicine, separate solamente da un vetro smerigliato, le avevo viste quando mio padre mi aveva portata in banca con sé un giorno che la scuola era chiusa. Mentre mi fotocopiavo le mani per combattere la noia, avevo notato come sarebbe stato semplice nebulizzare le uova oltre il vetro e farle aderire su di lui. Cosí la sera perlustravo la trama di frescolana blu dal bavero alle maniche. Sfregavo la stoffa e annusavo anche la fodera, trovando sempre e solo odore di sigarette, pioggia, toast del bar e soldi della banca. Mai un uovo, nemmeno la scia.

Mio padre mi amava e io amavo lui, ma non tutte le sue bugie. Mia madre fingeva di non accorgersene perché amava i bambini. I bambini eravamo noi. Mio fratello andava a scuola da solo. Nascondeva i fumetti sotto il letto. Mio padre faceva piú o meno lo stesso, si nascondeva a cena fuori con colleghi dei quali nessuno, nemmeno mia madre, aveva mai appurato l'effettiva esistenza.

Ci amavamo tutti ma ognuno amava a modo suo, cosí c'erano tanti modi d'amare, un'infinita gamma di sfumature in virtú della quale anche mio padre amava mia madre. Eppure tutto era finto.

Eravamo una bella famiglia, la domenica fuori dalla chiesa. I bambini vestiti eleganti, il mio ricamo a nido d'ape sul petto. I nostri sorrisi bianchi erano ritagliati dalle ombre degli alberi, foglie scure sui denti felici. Altre famiglie ci invitavano a cena. Altri bambini. Altri modi d'amare, talmente tanti che sarebbe servita un'enciclopedia. Mangiavo la cena in un'altra casa, seduta in bilico su pile di cuscini. Mio padre diceva che era buonissimo, non mancava mai il sale. Mia madre mi diceva di finire il purè. Io battevo la forchetta nel purè, ascoltavo quel *ciaf* compatto, pensavo che aveva la stessa consistenza del mio cuore.

Finivo le cose che avevo nel piatto.
Ingoiavo a fatica.
Odiavo il gusto del sale.

Soldatini

Si vede un bambino, sulla sinistra, che tiene in mano dei soldatini di plastica. Ne tiene dieci per pugno, e sorride con un grande buco nero tra i denti da latte. È Andrea.
Il suo nome significa: uomo maschio. Il suo nome gli appartiene da sempre, anche da prima di nascere. La madre l'ha dovuto solamente individuare strizzando un po' gli occhi per metterlo a fuoco a metà dell'inverno in cui è nato.
Sulla destra, una bambina. Qualche anno di meno, il profilo dalla fronte bombata e le guance rotonde rivolte verso il bambino. Due trecce che sembrano fatte di fil di ferro e lo sguardo ricolmo di devozione per quell'essere magnifico che stringe soldatini tra le mani e ride, sdentato, al suo fianco.
Si chiama Bianca e si chiama cosí senza un particolare motivo. Alla madre piaceva quel nome. La madre certe volte dice che, quando capí di essere incinta, iniziò a nevicare dopo tanti anni, quasi dieci, che non nevicava su quella città. Allora è per la neve, suggerisce vagamente la bambina. Ma no, dice lei, la neve si sporca. E poi cita José Saramago, un libro che tiene sempre sul comodino. Dice: il bianco fa le veci della luce che non potremo mai captare, pagina cinque, decima riga.
I bambini sono fermi per sempre in quel disegno. Dietro di loro, un giardino d'estate: una piscina gonfiabile alle spalle di lui e un ramo di magnolia alle spalle di lei. I bambini hanno i loro nomi. Il bambino li sa scrivere entrambi in corsivo e in stampatello, con le minuscole e la maiusco-

la, la bambina non ancora. La bambina è solo in grado di disegnare i loro volti, vicini come due cerchi tangenti, e i loro denti, quadratini bianchi e neri, e i soldatini tra le mani a stella, la piscina, un ovale schiacciato blu, e il ramo di magnolia, segmento nero a zig-zag. La bambina posa i pastelli sul prato e chiede al bambino di scrivere quei nomi vicino alle frecce. Il bambino li scrive calcando le lettere e bucando il foglio. Spunta un ciuffo d'erba vicino al sole.

Si vede anche quello strappo nel foglio a quadretti, poco sopra di loro. Un buco dove il padre inserisce la puntina per appendere il disegno alla bacheca del suo ufficio.

Si vedono segni colorati, divenuti intraducibili, dedicati a lui.

Si leggono due nomi, sono i nomi dei suoi figli, allora i segni sono cose, le cose erano bambini, i bambini siamo stati noi.

Lesioni

Il gioco che preferivo fare con mio padre era cercare i pinoli tra le alette delle grosse pigne del parco e mangiarmeli dopo che lui ci aveva soffiato sopra e aveva spaccato il guscio con un sasso.

Aria

Una volta alla settimana mia madre apriva tutte le finestre della casa per cambiare aria.
Il suo bisogno di aria nuova attorno contagiava anche noi che l'aiutavamo a spalancare tutto e fermare le porte con le sedie perché l'aria pulita scorresse come un ruscello nella nostra casa. Questo anche d'inverno, quando mio padre avrebbe mantenuto la stessa aria scaldata e riscaldata dai caloriferi fino a primavera.
La madre apriva le finestre e miriadi di acari, batteri e residui di fumo svanivano nell'aria pungente del corso. Mi diceva di inspirare forte. La imitavo. Inspiravo forte allargando un po' le braccia. Portava i tappeti sul balcone, batteva i divani, scuoteva tutte le tende. Il padre, appena se ne accorgeva, andava fuori di sé e iniziava a chiudere tutto. Porte, finestre, entusiasmi. Le gridava che ci avrebbe fatto crepare tutti di freddo. La madre gli rispondeva che era quel puzzo di mozziconi che restava dappertutto a farci crepare.
Litigavano spesso.
Andavamo a letto e mettevamo la testa sotto il cuscino per non sentirli litigare. Poi la porta d'ingresso sbatteva ripercuotendosi fino nel materasso e ciò voleva dire che nostra madre se n'era andata di nuovo. Si assentava per ore e noi restavamo svegli fino a quando sentivamo la chiave nella porta, i passi sul pavimento, il suo corpo chinarsi sul nostro per baciarci la fronte. Io la stringevo forte, le dicevo: sei tornata, mentre Andrea fingeva di dormire, la schiena rivolta contro il mondo.

A volte Andrea piangeva e io m'intromettevo sotto le sue coperte e lui diceva: che fai, mi fai caldo. Ma non mi mandava via.

Andrea masticava le coperte e io lo imitavo. La lana strideva sotto i denti mentre lui mi elencava tutti i modi in cui la mamma sarebbe potuta morire.

Poi lei ritornava e nostro padre non le chiedeva dov'era stata, poteva tutt'al piú mollarle uno schiaffetto, un gesto che scarabocchiasse un po' d'autorità tra le mura domestiche, ma che in fondo era già pentito sul nascere. Le diceva: ti sembra un comportamento da madre e da moglie? Ma a lei non importava e ci stringeva tra le braccia, quasi avesse ritrovato i suoi figli dopo un rapimento.

Nelle sere di pace, invece, i miei genitori guardavano insieme la televisione. Lei sedeva composta in poltrona e lui scivolava lungo il divano occupandolo per intero. Nell'intimità domestica mia madre era solita mantenere quell'eleganza che la distingueva anche al di fuori, un filo di trucco e i capelli raccolti, mentre mio padre, appena varcata la soglia di casa, perdeva pezzi di formalità, portamento, si slabbrava come l'elastico del suo pigiama e andava in deliquio sul divano con l'unica cura di mantenere in bilico sul bracciolo destro il pesante posacenere di cristallo.

Si erano conosciuti a una festa, molti anni prima. Avevano amici in comune tra i quali un finto Gigi Rizzi che provvedeva a invitare le ragazze alle feste. Mia madre era stata il pezzo forte della serata: frangia voluttuosa sugli occhi bistrati, veste corta cinta in vita da un foulard, gambe nude e affusolate. Come se non bastasse, faceva lo sguardo.

Fissava intensamente attraverso la trappola del rimmel, poi batteva le ciglia e un attimo dopo la sua attenzione era altrove. Non guardava mai due volte la stessa persona. Non con lo sguardo. Mio padre era stato guardato cosí, una volta soltanto. Le si era avvicinato e lei non l'aveva piú considerato. Per questo poi si sono sposati.

Prima si erano frequentati per una decina di mesi. Lui le mandava una rosa alla settimana, spergiurando che l'avrebbe fatto per sempre. Lei ricambiava con lettere appassionate, ciocche di capelli in mezzo ai libri di poesie, morsetti sui lobi quando erano al cinema. Lui le ha chiesto di sposarlo dopo un anno nemmeno, al riparo dalla pioggia nel portone dei suoi genitori, con la bocca che sapeva di polpette messicane. Anziché dire: ci vediamo domani, le ha detto: sposiamoci. Lei si è commossa, l'ha baciato con ardore e nel gusto piccante del chili ha detto di sí.

Si sono sposati in chiesa. Lei portava il velo e l'ha sollevato per baciare lo sposo. Lui l'ha protetta durante il lancio del riso. Lei era bella, lui fotogenico. Lei ha lanciato il mazzo di fiori dritto sul vassoio del cameriere. Lui si è messo le mani nei capelli. Tutti hanno riso. Mai avuto mira. Come quando ci tirava le sberle. Queste cose le so perché ho sfogliato tantissime volte l'album del loro matrimonio. Soltanto per cercarne il motivo.

E sono andati in luna di miele. Egitto e piramidi. E lui è tornato con la dissenteria. Poi sono passati ai figli. Prima il maschio, il cognome in salvo. Poi la femmina. Il terzo non è mai nato.

Una sera sono tornati a casa e mia madre era molto triste. La signora Rosetta si era trattenuta dopo le pulizie per non lasciarci soli. L'hanno ringraziata e congedata con strani gesti, per dire: spiegheremo poi, nel modo adulto. Mia madre ha telefonato a sua madre. Bisbigliato nella cornetta parlando al passato. Il soggetto delle sue frasi enigmatiche era qualcosa che aveva perduto. Ha cucinato mio padre. Non l'aveva mai fatto e quella sera invece si era deciso, ha messo una pentola d'acqua sul fuoco e i piatti sulla tovaglia. Pasta al pesto senza sale, ma nessuno glielo ha fatto notare. Mia madre non ha voluto mangiare. È rimasta seduta sul divano, sprigionando il suo profumo nell'aria, Eau de Rochas. Si guardava le unghie. L'unico momento della sua vita in cui è rimasta senza fare qualcosa. Poi mio padre si è seduto accanto a lei, ha acceso la televisione e mia madre si è alzata, è andata a sparecchiare.

Raschiamento

Questo bambino mai nato me lo immaginavo come un semino che non era riuscito a diventare albero.

Tra spaghetti al pomodoro e cartoni vuoti del latte, addentravo la mano nel cesto dei rifiuti per raccogliere i torsoli delle mele. Quei semi che mia madre gettava noncurante assieme agli avanzi della cena forse desideravano una possibilità come tutti gli altri, e io li raccoglievo, li mettevo nella terra dei vasi sul balcone, li innaffiavo ogni giorno e davo loro un nome.

Cercavo i nomi sul nominario. Imparavo i significati. Nomi maschili, perché mia madre aveva parlato di un maschio. Aveva parlato di due spine nella schiena che gli avrebbero portato un sacco di guai. Immaginavo che dal seme sarebbe nato un piccolo drago.

Un giorno è spuntata una piantina e io l'ho mostrata a mia madre. Comunissimo trifoglio, ha detto lei, un seme qualunque portato dal vento.

Cos'è un trifoglio?, le ho chiesto.

Un quadrifoglio con una fogliolina in meno, ha detto.

Porta fortuna?

Perché non dovrebbe?

Allora ho cercato altri semi nella spazzatura, li ho coperti di terra, ho aggiunto nomi su nomi alla lista.

Varechina

Rosetta è stata il confessionale di mia madre per molti anni.

Quando mia madre per scherzo la definiva cosí, Rosetta faceva una battuta sprezzante sui preti e l'istante dopo baciava la medaglietta della Madonna della Guardia che portava al collo. Ufficialmente, è stata la nostra donna delle pulizie dal millenovecentottantacinque, vanto che l'ha sempre preceduta nel posto in cui vive, Rivarolo: quartiere periferico della val Polcevera, terra di partigiani e corone d'alloro essiccate ai piedi dei monumenti commemorativi.

Rosetta aveva mani grassocce che odoravano di varechina, passata di pomodoro e figli maschi. Indossava un camice celeste e rifaceva letti, lucidava pavimenti, stirava, lavava vetri con la carta di giornale, tutti i giorni di cui avevo memoria.

Mia madre l'aveva scelta per come le aveva restituito un libro quando ancora la signora Rosetta aveva un'edicola di giornali con il marito. Ha sempre avuto questo metro di giudizio tutto suo, e discutibile: per valutare una persona, mia madre presta un libro.

Una volta le hanno restituito *Il nome della rosa* con le briciole di cracker tra le pagine, un'altra volta *La casa degli spiriti* le è stato riconsegnato in una busta di plastica con la chiusura a pressione. Ha rotto i rapporti con entrambe le persone, sostenendo che il rispetto è una questione di equilibrio tra l'essere se stessi e il mettersi nei panni dell'altro. Rosetta le aveva restituito il libro esattamente come le era stato consegnato, con l'aggiunta di un segnalibro tra le pagine e una preghiera: è nel punto che mi ha commossa di piú, non lo tolga, mi raccomando.

Una volta vedova e venduta l'edicola che i figli non volevano gestire, era venuta da noi, aveva stirato per alcuni mesi e poi non se n'era piú andata.

Uno dei due figli di Rosetta è stato tossicodipendente. Questa cosa mia madre l'ha sempre tenuta segreta perché se mio padre l'avesse saputa avrebbe giudicato degradante e poco educativo per noi figli avere in casa la madre di *uno cosí*.

Certi pomeriggi Rosetta faceva una pausa e si sedeva in cucina a sorseggiare un caffè con mia madre. Raccontava lo strazio che aveva dovuto sopportare. Raccontava come aveva fatto a salvarlo.

Perché l'ho salvato io, tutto da sola ho fatto, mica quei buoni a nulla dei servizi sociali.

Si era rinchiusa in casa con lui, la chiave nascosta nel reggipetto. Si faceva portare la spesa dalla tabaccaia dopo l'ora di chiusura. E i medicinali. Teneva sul comodino il flacone fluorescente della Madonna di Lourdes. Svitava la coroncina blu e si faceva il segno della croce con l'acqua santa. Lui le diceva che aveva freddo e lei gli metteva addosso un'altra coperta. Era stato un sequestro di persona.

Ma che dovevo fare, vedermelo sequestrare dai becchini?

Ogni volta, a mia madre venivano le lacrime agli occhi. Poi Rosetta si alzava, lavava le tazzine e riprendeva a stirare.

Anche lei, come noi, aveva una casa. La sua casa era in un palazzo degli anni Sessanta, con le piante grasse sui balconi arrugginiti, i cesti di plastica per le mollette e le tapparelle stinte. Ho fatto questa scoperta eccezionale un pomeriggio che mia madre le ha portato della stoffa per un copriletto e delle tende.

Dove andiamo?, le ha chiesto mio fratello, facendo roteare i pugni volanti di He-Man contro uno dei miei anonimi cavallini di plastica.

Andiamo dalla Rosetta.

Ho spalancato gli occhi e mi sono inginocchiata sul sedile dell'automobile. Mi sono aggrappata al suo poggiatesta, le ho intrappolato i capelli con le mani e chiesto informazioni piú dettagliate senza mai prendere fiato, perché mai avevo considerato l'ipotesi che lei potesse ritornare ogni sera in una casa come tutte le altre, invece che raggiungere il mondo fantastico dal quale avevo sempre immaginato provenisse: un posto fatto come lei, rassicurante e rotondo.

Rosetta ci ha offerto dei canestrelli in salotto. Per me era sconvolgente guardarla aprire cassetti che non erano quelli della nostra credenza, sprimacciare cuscini di un divano non bianco e accendere e spegnere luci diverse da quelle delle nostre stanze. Ero seduta e i miei piedi non toccavano terra. Tenevo la spremuta saldamente con due mani. Ero aggrappata all'emozione di essere nella sua casa, luogo che non pensavo potesse esistere e che invece mi circondava proprio come il mondo fantastico che mi ero immaginata.

Ci ha portati sul balcone a vedere il torrente, le anatre che facevano i piccoli nel Torbella. Abbiamo gettato giú pezzi di pane. Mio fratello aveva piú mira di me e sceglieva i pezzi piú grossi. Io sono rimasta imbambolata con il sacchetto aperto tra le mani. Gli anatroccoli erano veri. E vivevano proprio lí sotto e qualunque bambino che abitasse in quel posto poteva nutrirli ogni giorno. Non volevo piú andare via. Piangevo. Mia madre perdeva la pazienza e gridava: conto fino a tre.

E poi contava: uno.

Ho afferrato le gambe di Rosetta.

Due.

Opponevo resistenza sollevando un ginocchio.

Tre.
Stava per arrivarmi un ceffone quando Rosetta mi ha invitata a dormire da lei. Mia madre diceva che ero un disturbo e Rosetta insisteva.

Ma quale disturbo, signora, cosí impara ad alzarsi alle sei per andare al lavoro.

E cosí sono rimasta. E ho mangiato gli gnocchi davanti ai cartoni animati. E Rosetta mi ha fatto dormire nel lettone con lei. E ridere con addosso quel pigiama bianco e rosa da coniglio. E abbiamo letto i libri di quando i suoi figli erano piccoli. E il mattino dopo ci siamo svegliate alle sei e siamo andate al lavoro.

A casa mia.

Lo sporco di una casa non si misura in polvere, questo mi ha insegnato mentre crescevo. Lo sporco si misura nell'anima e l'anima siete voi, la famiglia che ci abita.

Come darle torto. Mio padre non le andava troppo a genio. E viceversa. Eppure Rosetta gli stirava sempre camicie perfette, cancellava macchie d'unto e lucidava le scarpe in modo ineccepibile. Ciò nonostante, mio padre aveva sempre da ridire su una serie noiosissima di cose, preferendo una straniera da chiamare colf, pagare meno e bistrattare apertamente senza sentire gli occhi di mia madre conficcati nella schiena.

La donna, cosí la chiamava, si è dimenticata di buttare la spazzatura. Oppure: sai se la donna ha lavato i miei pantaloncini da calcetto? Una serie noiosissima di richieste e pretese che nemmeno a Versailles, diceva mia madre. Nemmeno alla Casa Bianca.

La guardavamo pulire. Ricondurre all'ordine il nostro disordine, prendersi cura dell'incuria che dimostravamo nei confronti di ciò che lei era chiamata a salvaguardare. Strofinava energicamente la superficie delle cose, si specchiava nei tegami di rame e solo allora sospirava soddisfatta del suo lavoro. Sapeva dello sporco che non sarebbe riuscita a cancellare. Quel disordine al di fuori della sua portata. In un certo senso lo stava aspettando.

Un giorno quello sporco sarebbe affiorato in superficie e nessuno, nemmeno la sua esperienza in macchie e aloni, avrebbe potuto sconfiggerlo. Era come se la sua presenza tra noi servisse a questo. Ripetere quei gesti metodicamente, come preghiere o scongiuri, e tenere duro.

Rosetta ha immerso le mani in migliaia di bacinelle piene di candeggina. Qualcosa ritornava pulito, qualcos'altro no e veniva gettato tra gli stracci mentre lei sospirava un proverbio sovrappensiero, sistemando accuratamente sulle grucce di cedro le camicie cifrate di mio padre.

Argini

Per un periodo abbastanza lungo della mia infanzia ho fatto incubi terribili. Mi svegliavo gridando e piangendo, mia madre s'infilava nel mio letto e diceva: va tutto bene, sono qui con te. Tremavo come un budino.
Un giorno mi ha portata dalla psicologa per bambini. La psicologa mi ha fatto disegnare mentre loro discorrevano di argomenti da grandi. Ho disegnato moltissime cose e poi ho strappato il foglio. La psicologa mi ha sgridata e allora mia madre l'ha presa in disparte, poi mi ha fatto indossare il cappotto e siamo andate via senza salutare. Perché hai strappato il disegno?, mi ha chiesto una volta sole. Quella donna mi guardava, ho risposto.
Nessuna spiegazione ai miei incubi.
Quello però è stato anche il periodo della smisurata passione di mio fratello per lo spazio, e cosí i miei genitori hanno decretato che nei miei incubi c'erano gli alieni.
Era quindi colpa sua. Di quel piccolo fanatico che tendeva a spaventarmi con storie di galassie nemiche e creature deformi.
Smettila di spaventare tua sorella.
Io non la spavento, è lei che vuole.

Camminavamo tenendoci per mano e loro non avevano il volto. Mia madre cercava di spingermi giú dalla finestra per vedere se sapevo volare. Mio padre esplodeva per aver mangiato troppo. Questo è tutto ciò che ricordo. E poi quel bambino mai nato, un fratellino-drago. Urlavo

e arrivava mia madre. Al mattino accusavano mio fratello di esserne responsabile.
Le racconti quelle cose e poi lei se le sogna.
Non è vero, chiedile cosa sogna.
Tesoro cosa sogni?
Rigiravo il cucchiaio nell'impasto di latte e biscotti, indecisa se rispondere, e poi mi schiarivo la voce, accigliavo lo sguardo: papà che esplode come un pomodoro.
Scrosciare di risate. Ridevo anch'io, gettando all'indietro la testa e mostrando i denti da latte mancanti, e anche mio padre rideva, con i suoi denti ingialliti da caffè e sigarette.
Vedi?, diceva mio fratello nuovamente serio. Lei è intelligente.
Finiva d'un fiato il suo latte e cacao, poi aggiungeva: le bambine intelligenti possono farti credere le cose piú stupide.

A Natale irrompevamo con le mani nel presepe.
Il muschio si attaccava alla lana dei maglioni e tutte le pecore, rimaste impigliate ai gomiti, cadevano sul pavimento. Nascondevamo il pastore e la lavandaia dietro la capanna. Li facevamo baciare perché si amavano. Spostavamo gli angeli dall'altra parte perché non guardassero. Ogni sera, pazientemente, nostra madre raccoglieva i Puffi sparsi sul sentiero dei Re Magi. Ci piacevano il fondale di carta e le lucine intermittenti. La stella cometa appesa e mossa dall'aria. Quella famiglia a cui bastava una capanna, un asino e un bue per essere felice.
E poi c'era Carnevale.
La miglior mascherata che ricordo è stata quando abbiamo varcato la soglia dei parchi comunali di Nervi vestiti da astronauti. Dotati di pistola anti-marziani, sparavamo emettendo risucchi cavernosi con la bocca, cadendo riversi sul prato dopo essere stati neutralizzati dal raggio laser, che immaginavamo verde e letale. Nostra madre rideva.

Nostro padre fumava seduto su una panchina, il giornale spiegato sulle ginocchia di velluto a costine.

Sparavamo anche a lui ma lui diceva che stava per scadere il parchimetro. Nostra madre rispondeva che bisognava comprare qualcosa per cena. Dovevamo andare via.

Sparavamo agli scoiattoli. Alle palme. Ai bambini vestiti da dalmata con la coda che strisciava per terra. Sparavamo a nostro padre nel parcheggio, ci provavamo un'altra volta, fai il marziano, dicevo con la vocina squillante dei miei cinque anni, fai il marziano, papà!

Niente da fare. Nostro padre ha acceso l'autoradio e noi sparavamo ai cartelli stradali, ai pedoni fermi al semaforo, alla cassiera del supermercato. Nostra madre riempiva le buste della spesa e cercava di arginare il nostro entusiasmo comprando ovetti di cioccolato con la sorpresa dentro. Non capiva del tutto, però ci si avvicinava moltissimo. Cosa volesse dire sparare senza ammazzare per davvero nessuno. Poter fare quel gesto, quei rumori con la bocca, *pam-pam*, *pfiuuuuu*, senza scatenare il panico e seminare morti dappertutto.

Tornati a casa, non abbiamo voluto spogliarci. Abbiamo mangiato con la tuta addosso. Il risotto era stufato di marziano e i bicchieri servivano a controllare che non contenesse frammenti di meteorite. Mia madre si è passata una mano stanca sugli occhi, mio padre ha alzato il volume del telegiornale. Andrea si è dimenticato di controllare l'ultima forchettata di riso e cosí ha inghiottito una scheggia letale. Allora ho iniziato a strillare: hai ingoiato una scheggia, una scheggia grossa cosí, sputala!

Ma il gioco era finito.

Tutti si sono alzati da tavola e io sono rimasta lí, sospesa sulla mia sedia-navicella, a controllare attraverso il bicchiere che non ci fossero frammenti di meteorite nella testa dei miei famigliari. Li passavo in rassegna uno dopo l'altro, finché non trovavo qualcosa.

Papi, hai una scheggia dentro.

Silenzio. Iniziava un gioco a premi in televisione. Mio padre ha allungato il braccio verso il posacenere, ha cambiato canale, ha posto un rapido bacio sulla fronte della figlia distratto dall'esplosione di un'automobile in un poliziesco.

Ma se non fai qualcosa, ti contaminerà!

Canederli

Le vacanze invernali erano bianchi respiri che condensavano nell'aria per poi svanire in un attimo, senza darci il tempo di diventare migliori. Duravano una settimana, la settimana era composta da giornate brevissime e la maggior parte delle persone che animavano queste giornate parlavano tedesco, limitando cosí la nostra comunicazione a semplici gesti di sopravvivenza.

Ad esempio, davanti alla commessa di un negozio di articoli sportivi, per spiegare che suo figlio aveva bisogno di un cappello molto caldo, nostra madre dapprima si stringeva tra le braccia mimando brividi di freddo, poi faceva un gesto che assomigliava a quello del versarsi una scodella in testa, e alla fine sillabava la parola *cappello* perché la buffa scenetta avesse anche un contenuto didattico.

Andavamo in montagna con l'automobile di nostra madre perché a lei non importava che ghiaccio e fango gocciolassero sui tappetini. Alla guida, nostro padre se la prendeva sempre con qualche difetto di quella vecchia Ford e diceva: vedi perché *io* ho una Mercedes; e lei si arrabbiava, ribatteva: ti ricordo che l'ultima volta che Bianca ha avuto la nausea sulla *tua* Mercedes, per poco non la catapulti fuori dal finestrino.

Contro la nausea, ci mettevano del prezzemolo sotto la canottiera. Il calore del petto faceva in modo che quel mazzetto di foglioline verdi sprigionasse un odore fortissimo capace di sconfiggere ogni nausea. Era un'usanza di mio padre, una credenza di sua nonna. Con Andrea funzionava. Io dopo il secondo tornante della strada che saliva verso l'alpe, vomitavo un po' sui sedili di tessuto a puntini rossi della Ford e un po' sul candido manto di neve che ricopriva i pascoli.

Si vedeva che eravamo bambini cresciuti al mare. Non sapevamo sciare. Non sapevamo pattinare. Non sapevamo nemmeno andare sullo slittino. Solo nostro padre sciava. Lo salutavamo con la mano da lontano mentre lui veniva trascinato via dal piattello dello skilift. Lo avremmo raggiunto al rifugio, con la seggiovia.

Contavo le impronte degli animali sulla neve. Mi sporgevo e nostra madre si spaventava e mi afferrava per il cappuccio. Poi guardava mio fratello sul sedile davanti al nostro, seduto accanto a un tedesco paonazzo. Lo chiamava. Il suo nome faceva cadere la neve dal ramo di un abete. Lei era un po' apprensiva in montagna. Lui faceva un cenno con la mano per non perdere il conto delle impronte.

Scendevamo dalla seggiovia saltellando dalla paura di rimanerci incastrati sotto. Raggiungevo mio fratello ed esclamavo: sedici! E lui rispondeva altezzoso: quarantanove.

I suoi conti superavano i miei sempre di alcune decine, manciate di numeri a caso per impressionarmi.

Mamma, ma lui bara!

Andrea mi tirava la neve. La neve in faccia mi umiliava. Non era acqua, non era sabbia. Era un miscuglio delle due, che da asciutto diventava bagnato e colava giú per il collo fino alla canottiera di lana. Ci azzuffavamo e nostra madre prontamente ci separava, ci guidava al rifugio.

Trovavamo nostro padre seduto al sole. Fumava con gli scarponi da sci slacciati in una pozza di ghiaccio sciolto. La cameriera veniva a prendere le ordinazioni. Mangiavamo speck con cetriolini e strudel. La radio passava canzoni in tedesco allegre e incomprensibili. Lui beveva una grappa e poi diceva: ci vediamo giú. Ripartiva per le sue piste e sciava fino alla chiusura degli impianti. Noi restavamo a prendere il sole. Guardavamo gli altri bambini sciare. Il casco e la mascherina a specchio. Il padre avrebbe voluto iscriverci alla scuola di sci. La madre aveva paura. Per una settimana all'anno, diceva, a che pro?

Cosí, per non farci sentire diversi dai bambini di montagna, ci proponeva quelle lunghe passeggiate nel bosco che ricorderò sempre con meraviglia.

Scoprivamo un ruscello ghiacciato. Una casetta di legno con i ghiaccioli da staccare per sentire quel suono musicale. Miliardi di impronte. Protetti da una coperta pesante che odorava di stalla, facevamo un giro sulla slitta con il cavallo. La slitta aveva dei campanelli ed era triste non sentirli piú quando il giro finiva. Facevamo i pupazzi di neve fuori dall'albergo. Il padre aggiungeva una sigaretta nel sorriso fatto con le bacche. La madre diceva che per fortuna al pupazzo mancavano i polmoni. Andrea spostava il naso del pupazzo giú in basso e rideva con mio padre, spassionatamente, perché qualunque oggetto ricordasse un pene, anche un bastoncino conficcato nella neve, li faceva ridere.

La cena veniva servita dalle sette e mezza in poi. Prima c'era sempre qualche attempata signora che suonava il pianoforte nella stube. Mi avvicinavo a mia madre, rapita non da Chopin ma dalle facce imbarazzanti della pianista, e bisbigliavo al suo orecchio: ma anche questo suona da solo?

E lei bisbigliava nel mio: non so se i pianoforti di qui sono socievoli come i nostri.

Odiavamo i canederli in brodo. Erano palle che sfuggivano al cucchiaio e ad ogni tentativo di controllo. Ci piaceva la pancetta con l'uovo strapazzato. Il pane di segale e gli gnocchetti tirolesi.

Ci è rimasto un ricordo innocuo della montagna. Il padre non aveva tempo per tradire la madre e tutto filava liscio. Lui sembrava cosí sereno. Come se l'impossibilità di commettere adulterio lo sollevasse al punto tale da farlo sentire davvero in vacanza.

Marito fedele, padre modello, uomo meraviglioso.

Correnti

Accadeva d'estate, al mare. Durante quel mese in Versilia, un tempo sufficientemente lungo perché le menzogne potessero ricoprirsi di sabbia e sale senza dare troppo nell'occhio.
Prima di partire, mio padre faceva lavare l'automobile e poi si arrotolava le maniche della camicia specchiandosi orgoglioso nella carrozzeria riportata allo splendore originario. L'abitacolo era l'unico luogo dove si trattenesse dal fumare: un alberello di cartone impiccato allo specchietto retrovisore lo deodorava di pino marittimo. La sola vista dell'alberello mi attorcigliava lo stomaco.
Durante il viaggio i sedili in pelle si appiccicavano alle cosce e quando dovevamo scendere si sentiva un forte bruciore procurato dallo strappo.
Una volta arrivati, la macchina veniva parcheggiata in un garage custodito e sostituita da eleganti biciclette con il cestello in vimini e il campanello. Con quelle percorrevamo i viali che costeggiavano la pineta e raggiungevamo la spiaggia.

In spiaggia, a braccia conserte sul bagnasciuga, mio padre guardava passare le milanesi. Mia madre, sotto la tenda, mi spalmava la crema sulla schiena mentre mio fratello, ammucchiato sulla sdraio, giocava a Tetris con le gambe che si erano allungate e ricoperte di peli piú scuri e piú brutti.
Poi mio padre faceva ritorno alla tenda per prendere le sigarette. Dava un bacio a mia madre che allargava le

mani unte di crema per non sporcarlo. Il bacio non sapeva di niente ma faceva rumore. I fiorentini che mangiavano focaccine al tonno e maionese sotto la tenda accanto si voltavano pensando: guarda quei due come si baciano.

Mio padre: l'uomo con le braghette a righe e la stempiatura ogni anno piú evidente – mia madre: collo sottile, costume olimpionico, capelli raccolti in uno chignon da ballerina – la Versilia: distese d'acqua e distese di sabbia, e corpi, bambini liberi, cabine di legno, salotti di tela, poi di colpo le Apuane, lí alle calcagna.

Andavamo là perché mio padre era uno che se lo poteva permettere. A mia madre non piaceva, ma suo marito se lo poteva permettere, e cosí andavamo in Versilia e prendevamo la stessa tenda da anni, un lussuoso salottino senza pareti, e lo stesso appartamento a Forte dei Marmi. Ci esibivamo per un mese intero. La pelle bianca e le formine per fare i castelli di sabbia. Alla deriva di quel mare troppo grande. Di quel mare traditore.

Due persone che sguazzavano spensierate erano state trascinate via da una corrente improvvisa ed erano annegate. Le avevamo viste distese a riva, accoppiate come filetti di platessa, le mani abbandonate lungo i fianchi e una gran folla attorno. Il giorno dopo nostra madre ci aveva letto ad alta voce l'articolo di giornale per farci spaventare, come quando avevamo il singhiozzo. Per non rischiare di morire annegati, dovevamo restare nel suo campo visivo. Non potevamo uscire dalla zona protetta del suo sguardo. E il suo sguardo era rivolto a noi, mai a se stessa. Mio padre si è sentito eternamente escluso da quello sguardo.

C'ero io, a guardarlo. Avvolta nell'asciugamano e con le ciglia strette per il troppo sole, seguivo la schiena di mio padre allontanarsi verso riva, le gambe magre, leggermente storte. Ha sempre amato l'estate, quando il mondo è rigoglioso assolato abbronzato, e non c'è piú niente di vero.

Amplesso

Quel giorno fa caldo e ho un vestito taglia otto anni che mi va largo. Infatti ne ho sei, il vestito è a quadretti.
C'è un'edicola lungo la strada. La strada ha delle palme e gli oleandri in fiore. Mi ha detto di aspettarlo seduta al bar di un suo amico. Mi ha comprato una bevanda. La bevanda è arancione e fresca. Il suo amico è simpatico e mi tiene d'occhio. Mi ha lasciato con un album da colorare. Il pennarello verde è scarico. Coloro il prato di blu. Il prato diventa un mare. Sul mare coloro dei fiori e delle farfalle. Alcuni bambini stanno giocando a calciobalilla. Ridono. Scuotono le aste nei fori circolari. Gridano. Esultano. Sbavano. Bestemmiano. La palla schizza fuori dal campo, sul pavimento del bar fino alla sabbia.
Mio padre ci mette tanto a tornare. Poi torna. È accaldato. La camicia fuori dai pantaloni. Puzza di doposole al cocco. Mi ha comprato un pesce gonfiabile. Lo gonfia con la bocca. Il pesce diventa grande e rotondo con occhi a palla buffi che mi fanno ridere. Io rido. Mio padre mi prende per mano. Attraversiamo la strada. Stringo il pesce sotto il braccio. Torniamo ai bagni.
La madre chiede perché ci abbiamo messo cosí tanto a comprare le sigarette. Il padre risponde che il tabaccaio era chiuso e ci è toccato andare molto lontano. Le parole non corrispondono ai fatti ma ancora non sono in grado di trarre conclusioni. Mi getto in acqua assieme al pesce. Nuoto a cagnolino per alcuni metri. Mi volto e la vedo. Ignara, bellissima, si guarda intorno e mi cerca con gli occhi.

Chiamo mia madre e lei distingue la mia voce nel vociare di mille bambini perché solo lei è mia madre. Solo lei, mia.

Nuoto tutta l'estate e per molti anni aggrappata alle bugie di mio padre. Quando mi sfuggono tornano a riva, dolcemente sospinte dalle onde. Racchiuse in quel pesce di plastica che mia madre raccoglie e rigetta tra i flutti.
Se solo me l'avesse chiesto. Sollevando il mio corpo per farmi fare ancora un tuffo. Se solo avesse premuto le sue labbra contro il mio orecchio e avesse sussurrato: dimmi la verità, figlia di sei anni, e dimmela adesso che ne ho trentotto e posso ancora sollevarti su questo mare, in questa luce, la luce della tua infanzia.
Riemergendo. Ridendo. Gridando con l'acqua sulle ciglia. Il corpo di mia madre tra le braccia. La sua polpa soda e scintillante, l'albero maestro al quale mi stringo forte. Ho le labbra viola. I polpastrelli lessi. Devo uscire dall'acqua. Allora capisco. La fine che fanno le cose. La felicità. L'infanzia che si deforma. Un corpo che poi proietta un'ombra diversa su tutto. Qualcosa deve andare perso. Un altro tuffo. Un dente da latte. Un padre.
La mia piccola schiena segue la grande schiena a riva. Mio padre ci scatta una fotografia. Per questo ho quella faccia.

Uncini

Mi vedevo piccoli uncini al posto delle mani, con quelli potevo rimanere arpionata alla terra e guardare le cose da lí, dove non era possibile cadere.

Nell'appartamento in affitto, ogni sera prima di cena spiavo mia madre. La guardavo cucinare rimanendo nascosta sotto il tavolo del giardino, tra le sedie di plastica stinte dal sole. I suoi piedi premevano appena sulle ciabatte e sembravano non sostenere un corpo, non aver mai camminato.

La guardavo muoversi operosa davanti al bancone, i talloni si sollevavano per raggiungere i pensili piú alti e poi ridiscendevano giú, verso le ciabatte di tela e corda. Infarinava le triglie, i calamaretti, le code di gambero e poi friggeva tutto in una grande padella, ogni suo gesto era una piuma che fluttuava.

Sotto il tavolo condividevo la mia porzione protetta di terreno con le formiche esploratrici. Provenivano dalla pineta, oltrepassavano la soglia della cucina e ci derubavano di briciole. Erano a conoscenza di traiettorie segrete, come lo era mia madre.

Credo che il mio interesse per gli insetti sia partito da lei. Mia madre conosceva percorsi a me ignoti, il modo per diventare la donna che era. L'arte di non far gravare sui piedi il proprio corpo. Di pattinare sui litigi, lambire gli affetti, far penetrare proboscidi sottilissime in noi e amarci cosí, attraverso piccole punture indolori.

Il cibo lo considerava da dentro. Un po' di *potassio*, diceva sbucciando una banana. Oppure *fosforo*, servendo nei piatti le sogliole, e *proteine nobili e vitamine*, accomodando etti di bistecca accanto a monticelli di carote tagliate alla julienne. Avrebbe voluto entrare in noi assieme a tutte le sostanze prodigiose che nominava mentre ci avventavamo sul piatto. Curarci da dentro, nutrirci stipati in piccole celle di cera che lei stessa avrebbe desiderato costruire. La sua famiglia che mangiava. Una specie di miracolo.

Le formiche sono insetti sociali. L'istinto degli insetti sociali è obbedire per costruire un'armonia collettiva senza mai concedersi un piacere esclusivamente personale.
Una volta ne ho catturata una. L'ho spezzata in due, per guardare com'era fatta dentro. Me la sono messa in bocca e l'ho succhiata come una caramella. Ne ho uccise altre, e con la bocca piena di formiche sono uscita allo scoperto, ho tirato il grembiule di mia madre e spalancato la bocca perché lei vedesse cos'avevo fatto.
Mia madre mi ha gridato di sputare e mi ha sollevato sul lavandino, ha aperto il rubinetto e mi ha spinto il viso sotto il getto d'acqua. Sollevava anche me, aggiungeva il peso del mio corpo al suo, senza alcuna fatica. I suoi talloni lasciavano la terra e a lei scappava da ridere, ripeteva: sciacquati ancora, avanti, le hai sputate tutte?
Poi ha messo in tavola la frittura di pesce, una montagna di *deliziosi grassi* che ungevano la carta assorbente, mi ha strizzato l'occhio e ha detto: la prossima volta friggiamo anche un po' di formiche.

Denti

In alcune fotografie sorridevamo, smisuratamente. Occhi stretti, guance tese e facce vicine tra loro per stare tutti dentro a quel rettangolo di carta lucida. Le fotografie in posa, quelle ufficiali. Prima o poi si sarebbero scollate dagli album scivolando sul pavimento e qualcuno le avrebbe raccolte, guardate da vicino e avrebbe pensato: avevano i denti piú bianchi.

Era mio padre a scattare quelle foto. La serie delle vacanze era sporadicamente interrotta da cerimonie di battesimi, comunioni, cresime, vestiti con maniche a palloncino e parenti visti una volta e dimenticati per sempre. Durante questi eventi, mio padre gironzolava con la sua reflex in mano e chiedeva ai soggetti di sorridere, ruotava l'obbiettivo, premeva sull'otturatore e poi, con la sigaretta a penzoloni tra le labbra, pregava di sorridere un'altra volta perché qualcuno aveva chiuso gli occhi proprio mentre lui stava scattando.

Mia madre non tollerava di essere interrotta nel parlare per sorridere all'obbiettivo. Si schermiva con la mano lasciando intravedere solamente la sua bella bocca imbronciata e parte del sopracciglio sinistro sollevato con disappunto.

Lui le diceva: almeno nelle foto.
Lei gli girava le spalle, riprendeva a parlare.

Siamo cresciuti come dentro le fotografie.
Scivolando lentamente verso i bordi, non piú al centro dell'inquadratura ma di lato, gli occhi arrossati dal flash,

sorpresi per caso durante una gita scolastica, un compleanno festeggiato controvoglia, un'occasione dove avremmo preferito non essere pur di non finire cosí, in secondo piano e tranciati a metà, proprio noi, un tempo perfettamente definiti e interi.

Sulla faccia di Andrea sono spuntati ciuffetti di barba lanuginosa e il suo corpo si è deformato come una goccia nel giro di pochi mesi. È diventato piú alto del padre e poi si è ricompattato iniziando ad aggiustarsi. Anche le mie ossa si sono allungate, quelle del bacino si sono fatte piú larghe, il mio pigiama con le fragole è diventato stretto.

Potrei dire che, fintanto che ci sono state le fotografie, ci sono state anche quella casa e una certa dose d'incanto a guidare le nostre vite.

Poi siamo cresciuti, e fine delle fotografie.

Un'estate in particolare ha riassunto tutto. Interminabile, indimenticabile, eppure è terminata ed è stata dimenticata da tutti.

Tutti eccetto me.

Propaggini

L'ho riconosciuta dai fiori. Estremità carnose con stami carichi di polline e veleno. Fiori mai visti prima.
Ho consumato quell'agosto come ogni agosto passato. Seduta sul bagnasciuga, avevo quattordici anni. È stata l'ultima estate della mia infanzia.
Ai bagni mia madre aveva ritrovato i vicini di tenda e stava ore e ore a parlare con loro. Parlavano fiorentino e aspiravano anche tutte le consonanti di mia madre. A lei rimanevano solo vocali da chiudere alla genovese. Denti radi per ridere. E come rideva, mia madre. Rideva portandosi il palmo della mano sulla bocca con le dita che coprivano anche la punta del naso. Le venivano le lacrime agli occhi. Il marito faceva l'imitazione della moglie e quella moglie rideva, e mia madre doveva pensare a quanto fosse seria la sua vita e come avrebbe desiderato ridere piú spesso.
Voltavo lo sguardo e trovavo Andrea, giocava a pallavolo sulla secca. Nella sua squadra c'era una ragazzina che gli piaceva e allora lui si sprecava in tuffi e schizzi e numeri da circo. Mi mettevo a fare dei solchi nella sabbia con i talloni. Scorgevo mio padre passeggiare accanto a un suo amico sotto il pontile. Parlavano di calciomercato, avrei potuto giurarci. Mio padre scuoteva le mani, sollevava un piede, si agitava sempre parlando di calciomercato. Indossavo un costume intero che mi tirava un po' tra le gambe e sulle spalle. Ero cresciuta ma niente era cambiato. Da quattordici anni i rosticceri della zona vendevano a mia

madre mestolate di cacciucco orgogliosi di venderlo proprio a lei, la fattrice di una famiglia *unita*.

Mi alzavo e mi scrollavo la sabbia dalle mani. Mi dirigevo verso le cabine, prendevo la chiave appesa al quadro ed entravo nella nostra. Un forte odore di gomma scaldata dal sole, i suoni attutiti dal legno e la penombra attraversata da lame di luce. Guardavo il pesce gonfiabile appoggiato sulla pila di riviste dell'anno passato. Era sempre lí, ancora gonfio di bugie.

Poi è venuta a trovarci Rosetta come ogni anno. Accompagnata da uno dei due figli, il minore. Attempato ragazzo cordiale e figlio riconoscente. Hanno portato due teglie di melanzane alla parmigiana e una crostata di mele. Abbiamo apparecchiato nel giardinetto. Mescolato le sedie del soggiorno a quelle di plastica, i bicchieri della nutella a quelli del servizio blu. Mio padre faceva fatica a memorizzare il nome del figlio di Rosetta. Lo chiamava Antonio, poi Carlo. Si chiamava Vincenzo e stava da tutt'altra parte dell'alfabeto.

Abbiamo passato la serata: felici. Ogni volta che c'era Rosetta mi sembrava di avere una famiglia. Non una famiglia unita, una famiglia e basta. La madre adorava le sue melanzane e voleva imparare a farle cosí. Il padre si faceva passare il sale ma non faceva piú scalpore.

Dopo cena siamo usciti a comprarci un gelato.

Come ogni estate, Forte dei Marmi indossava un vestito succinto che le faceva difetto sui fianchi larghi di spiagge infinite, con le cave di marmo a vegliare su tutto. Ho chiuso gli occhi perché l'odore della resina di pino diventasse inebriante. Ho lasciato la mia coppetta al limone a metà e ho abbracciato Rosetta. Mi sono aggrappata al suo braccio pieno e lei mi ha schioccato un bacio sulla fronte. Mia madre ha detto: e a me niente? Cosí ho abbracciato anche lei in mezzo alla gente. Mio padre si è fermato ad aspettare, la stracciatella colava lungo le sue dita. Non era concesso fermarsi in quel flusso e cosí abbiamo slacciato le braccia, lasciato passare una coppia di russi, e ci siamo rimessi in moto. Ma in silenzio ci guardavamo, mia madre ed io. Mentre Rosetta raccontava di un nuovo discount a Rivarolo. Prezzi competitivi, roba di marca.

La sua voce era vera come l'inverno e rendeva vero tutto ciò che toccava.

Orale

Riccioli scuri, pelle abbronzata, capo di una specie di banda dei bagni accanto. Una banda di ragazzine emancipate che facevano i portachiavi di scubidú e il filo al mio bagnino. Si muovevano a sciame, e solo lei poteva lasciare il gruppo per venirsi a sedere sotto la torretta di salvataggio. La sua femminilità era ridicola e attraente al tempo stesso, fregava anche me. Assumeva una posizione scomoda che ricordo con pena, un supplizio. Tratteneva il respiro per appiattire la pancia, le costole sbalzavano sopra l'ombelico e i seni si adagiavano sui lati del petto, uno dei due orientato verso la torretta. Parlava di un ragazzo che aveva baciato in montagna, di cose che avevano fatto nel bozzolo di un sacco a pelo. Parlava ad alta voce perché il bagnino potesse sentirla.

Mia madre diceva che quelle erano *delle leggére*, ma mio padre diceva che erano anche e soprattutto figlie dei suoi clienti in banca.

Mi avevano spiegato cose che non conoscevo. Me le avevano spiegate a modo loro, ridendo come pazze, bardate di cordini colorati e ciondoli, ciucciotti in plastica che cozzavano attorno al collo. Il mio cuore batteva piú forte ad ogni dettaglio che aggiungevano al mio disgusto e tuttavia non potevo fare a meno di accogliere in me una crescente dose di curiosità.

Nel frattempo, il bagnino appollaiato sul suo trespolo aveva capito il mio ruolo e si faceva desiderare, parlando e ostentando una confidenza esagerata solo con me. Mi diceva: a Genova le bimbe sono tutte belle come te? Oppure: guarda che mi segno il tuo nome e quando sei grande ti sposo. Fuggivo per la vergogna. Un giorno ha rivolto la parola anche a loro. Ha chiesto se potevano mettersi a intrecciare scubidú sotto un'altra tenda perché quella presto sarebbe stata occupata da una famiglia di Prato. Il capo si è alzata e ha risposto spavalda: posso venire sulla torretta?

La sera ha raccontato alla madre che andava a cena da un'amica e ha aspettato il bagnino fino all'ora di chiusura.

Sono entrati in macchina. Lui le ha proposto di andare a mangiare una piadina. Ha parcheggiato in un posto solitario, un po' prima della piadina. Si sono baciati. Poi lei ha sistemato la sua testa profumata di balsamo all'albicocca tra il volante e la pancia di lui, e lui dopo è stato gentile. L'ha riaccompagnata a casa. Lei si è lavata i denti tre volte, li ha sfregati fino a farsi sanguinare le gengive. Ce l'ha raccontato il giorno dopo. Il giorno dopo sembrava triste, guardava il bagnino da lontano fingendosi distratta.

Ci siamo trovate sotto il pontile, io e lei da sole. Ci siamo sedute sulla sabbia a gambe incrociate e lei si è concentrata per intrecciare un portachiavi solo per me, che stavo per partire. Cosí te lo appendi allo zaino, ha detto.

Lo sai come fanno le mantidi?, ho chiesto.

A fare cosa?

Ad accoppiarsi.

Che schifo, dài.

Immaginavo la sua bocca graziosa fare quella cosa al bagnino e allora ho continuato, mi sembrava doveroso.

Se non è ben nutrita la femmina tende a divorare il maschio partendo dalla testa, proprio mentre stanno copulando.

La smetti?

Se lo mangia per assumere le proteine che serviranno alle uova, lasciando per ultimi i genitali, quelli prima devono finire il lavoro.

Sei disgustosa, ha gridato, e mi ha lanciato addosso la matassa di fili colorati. Sono rimasta sola sotto il pontile, con uno scubidú di ricordo lasciato a metà.
È stata questa l'ultima estate.

Crepe

Quando stavamo per diventare veri, andavamo via. Ogni estate finiva cosí, con l'asterisco che rimandava a quella precedente, e l'ultima non ha fatto eccezione. Andavamo via. Meccanici. Quattro omini di latta sulla macchinina di latta.

La Versilia si raffreddava gradualmente. Un letto abbandonato, un fondo di brodo lasciato nel piatto. Improvvisamente si vedeva il verde dell'erba, ovunque. Un verde tenero, brillante, reso incandescente dalla luce, una luce sproporzionata per quei luoghi, che riverberava sul mare e sembrava capace di trafiggerti.

Come ogni anno, ci siamo lasciati alle spalle le macerie dell'estate, abbiamo imboccato una strada dritta e lunga e siamo ritornati in città.

Mio padre ha portato mia madre all'inaugurazione della stagione operistica. Se l'è appesa al braccio e ha sfoggiato la sua bella moglie tra donne ricoperte di paillettes e mariti in naftalina. La principessa triste tagliava teste e mia madre, altrettanto incompresa, mormorava con labbra leggere *non piangere Liú se in un lontano giorno io t'ho sorriso* e poi guardava il profilo dell'uomo che le sedeva accanto, impassibilmente concentrato sull'interpretazione del tenore.

Lui non sentiva, si scacciava un moscerino dal naso e la testa di lei rotolava ai piedi di Turandot.

Andrea è entrato nella mia stanza, ha arrotolato la manica della felpa e mi ha mostrato l'avambraccio destro. Guarda, ha detto. Sulla pelle spiccava un tatuaggio. Era una parola. C'era scritto *vis*.

Sbattevo le palpebre, incredula. Andrea si è ricoperto il braccio.

Tu sai cosa vuol dire, *vis*?

E quando lo vede papà?

Vuol dire forza, e poi la pelle è mia.

A sei anni aveva picchiato un bambino che ostruiva lo scivolo del parco giochi. A undici mi aveva difeso da una sberla di nostro padre bloccandola con il solo ausilio del braccio. A tredici aveva preso a calci una recinzione fino ad abbatterla per entrare a giocare nel campetto vicino alla scuola. In fondo sapevo come sarebbe andata a finire. Lui non avrebbe pianto.

Abbiamo ripreso la scuola.

Il nostro liceo era un posto dove si cresceva un po' storti come le piante, inclinati verso il sole. Nessuno ci impediva di crescere, semplicemente dovevamo arrangiarci a capire la giusta direzione, perché era una scuola statale, come la vita.

Io frequentavo il ginnasio. Imparavo il greco e il latino. Mia madre mi aiutava a declinare, coniugare e tradurre, sottolineando gli stessi libri che aveva sottolineato con Andrea qualche anno prima. La mia calligrafia era priva di personalità, il mio modo di vestire del tutto casuale. Indossavo maglioni ampi per interporre tra me e il mondo uno strato solo mio, dentro il quale poter celare liberamente quella magrezza che ancora non ero riuscita ad ammorbidire.

La mia compagna di banco ascoltava le Babes in Toyland fingendo di seguire la lezione, le bastava tenere i capelli sciolti e la sciarpa legata fino al mento per nascondere i fili degli auricolari. Anch'io avevo un walkman, giallo e resistente all'acqua, con cui ascoltavo le cassette di David Bowie consumate da Andrea.

Durante l'intervallo lo incontravo nel cortile. Fumava sotto la statua di Cristoforo Colombo e qualcuno gli dava una gomitata dicendo: c'è tua sorella. Nascondevano tutti l'erba in tasca eccetto lui. Lo salutavo senza avvicinarmi troppo, con un cenno della mano, e lui mi strizzava l'occhio, niente di piú.

La mia compagna di banco diceva: carino tuo fratello. Poi si faceva prestare un accendino, e quando sputava il fumo, le sue labbra s'increspavano come quelle di uno scimpanzé.

Aveva un fidanzato al mese, li cambiava ogni volta che cambiava pillola. Perché si annoiava, diceva. E perché le sembrava di avere la cellulite. Andava cambiato il dosaggio ormonale, fino a trovare la pillola giusta. Cosí le raccomandava la ginecologa del consultorio, perché dal ginecologo di sua madre, in quello studio elegante pieno di pancioni veri e fotografati, aveva vergogna ad andare.

Indicava una ragazza, mi dava una gomitata e bisbigliava: quella si è fatta il rappresentante degli studenti in gita a Praga.

Piú la guardavo, piú pensavo che non ci fosse giustizia in quell'età che puzzava di ormoni, bianchetto sugli errori e pane sotto la nutella.

Esecuzione

L'ultimo giorno che ho passato con il mio cuore era domenica.
Da anni la domenica non ci serviva piú a niente, era un insieme di ore che trascorrevano lentissime come quando si è malati. Ci trovavamo qualcosa da fare o non fare e restavamo lí, in qualche stanza della casa, aspettando che la domenica finisse. L'essere costretti a una tale vicinanza ci rendeva lontani, incomunicanti. La televisione colava dentro i silenzi, riempiva gli spazi.
Quella domenica mio padre passava con la precisione di un metronomo dalle partite di calcio alle donne seminude degli studi televisivi. Teneva un piede sul tavolino e la ciabatta storta in punta d'alluce, sembrava contare i minuti, ogni tre cambiava canale. Poi si è alzato di scatto, ha lanciato un urlo e ha schiacciato qualcosa di molto piccolo e vivente sotto la suola della ciabatta, si è abbassato a osservare i chicchi della graniglia di marmo piú da vicino. Bestiaccia!, ha esclamato orgoglioso mentre si accucciava con un tovagliolo di carta per raccogliere il cadavere di un ragno.
Mi sono avvicinata alla credenza, ho sbirciato tra il retro e il muro e ho guardato la tela rimasta vuota, senza padrone di casa. L'aveva tessuta in una notte, dopo che l'aspirapolvere aveva risucchiato quell'altra, sotto il divano. Ho guardato mio padre riaccomodarsi, agguantare il telecomando e cambiare canale. Vigliacco, ho pensato, e lui ha sollevato lo sguardo, mi ha cercata come se avessi

detto qualcosa, mi ha trovata al suo fianco con le lacrime agli occhi.

Che succede, tesoro?

L'ha baciata male. Si è avvinghiato alla sua carne con due mani che sembravano venti, ma l'ha baciata storto, mentre lei stava voltando la testa per ridere.

Quel bacio senza mira, che non conteneva l'esattezza coniugale, che non conosceva a memoria la strada, mi è piombato addosso con l'ottusità di un piede gigante e io ho ricevuto il mio stesso veleno, si è mischiato al mio cuore, l'ha corroso.

Era lunedí, avevo restituito dei libri in biblioteca e stavo tornando a casa. Erano le sei e aspettavo l'autobus davanti alla hall di quell'albergo. Quattro stelle, le luci sceniche e gli interni di velluto e oro. Pensavo all'autunno. Un pensiero omogeneo, innocuo. Poi mi sono voltata e in quella cornice ho trovato mio padre. Agguantava una donna, la colpiva con le labbra e la faceva ridere, una risata che batteva le ali come un pipistrello intrappolato contro il soffitto. È uscito di fretta e mi è passato davanti. Senza vedermi si è incamminato verso la piazza, veloce, a casa lo stavamo aspettando per cena.

Di colpo ho perso l'autunno e la capacità di pensare a qualsiasi altra cosa. Sono salita sul primo autobus che mi ha spalancato le porte davanti, non sapevo che numero fosse, mi sono seduta in fondo, sopra al motore. Ho guardato la città dal finestrino e Genova mi è entrata dentro, per lavarmi via il veleno, una fermata dopo l'altra, le porte spalancate ad ogni fermata.

Il mio quartiere fatto di platani panchine fontanelle e case grandi con le luci accese, le luci calde, le famiglie attorno alle menzogne apparecchiate sulla tavola, ha lasciato il posto alla stazione dei treni e il grande orologio tra le cariatidi di marmo. Le prostitute partivano per Voghera e i ragazzi di colore con le borse false nei sacchetti tornavano nelle case in subaffitto schierate sul porto turistico con l'acquario e i delfini dentro. Sotto il nastro d'asfalto della soprelevata, il mare grigio e le crociere fuori scala, le ciminiere e la Lanterna mi sono sembrati giocattoli. E cosí i grattacieli bassi, i palazzi popolari, il torrente e l'acqua che scorreva sembrando immobile. Uno stormo di gabbiani ritornava dalla discarica con la pancia piena, un grande polmone bianco che si apriva e chiudeva sopra il cuore dell'acciaieria di Cornigliano, i ventricoli e le valvole pronti alla dismissione. Una distesa di ruggine sulla terra ormai rossa. Una svolta nel nulla. Una banchina che gocciolava. Un ragazzo con la bomboletta spray che fuggiva via.

Mi sono ritrovata al capolinea, in un posto mai visto, altrove. Da un mucchio di lana è spuntata la testa di un uomo e io gli ho chiesto dov'ero finita. All'inferno, ha risposto. I suoi denti erano neri come la pece, sotto la coperta era nudo. Aveva un cane e il cane sbucava dalla coperta, abbaiava e difendeva il suo gioco da riporto, il mio cuore.

Sulla porta mio padre mi ha dato uno schiaffo, erano le nove passate. Almeno avvisare, ha strillato mia madre. Eravamo in pensiero, ha detto mio padre. Mi sono chiusa in camera. Ho posato il cuore sul tappeto. Ho iniziato a sfogliare un libro di quand'ero bambina. Ho tirato le linguette. Si sono innalzati mondi di carta davanti ai miei occhi.

Sagome piatte, castelli d'aria.

Che avevo creduto regni.

Sutura

Ho sognato che giacevo immobile, era buio completo. Giacevo in una stanza asettica, su un lettino, legata da cinghie alle quali non avrei potuto sfuggire. Bagliori metallici, odore di betadine. Dentro di me ero fredda, pressata, non riuscivo a toccare né sentire. Ero piombo, una nube densa. Il sangue mi entrava in circolo da fuori, attraverso un ago. Ero nuda e preparata, imbandita come una tavola.

Si facevano avanti. Sagome verdi, dettagli bianchi. Il lettino pullulava di mani e guanti di lattice che scartavano ferri, lame sottili.

Riconoscevo la sua mano sinistra. Il solenne, inconfondibile peso della sua mano sinistra.

I miei occhi tremavano sotto le palpebre chiuse, lo cercavano negli angoli della mia testa. Respirava nella mascherina chinandosi su di me. Il suo respiro attraversava la cellulosa bianca e si faceva nero, tiepido, raggiungeva i miei sensi, li allertava.

La sua mano afferrava quel globo di emozioni e sangue che era stato il mio cuore fino ad allora, lo riponeva dentro di me, poi stringeva i lembi della mia carne e ricuciva.

L'ago scendeva, penetrava, saliva e poi scendeva di nuovo, penetrava di nuovo, risaliva.

Lui che mi aveva fatto. Lui che mi aveva disfatto. Perché la vita era questo, un infinito ricucire.

C'era una volta, c'era un tempo dove le domande si facevano ossa e io gli chiedevo come facessero i pesci a respirare, dove andassero le rondini quando partivano, perché quel bambino camminasse con i piedi rivolti all'interno, e quindi potevo chiedergli anche questo, cosa avesse fatto del mio cuore.

Si avvicinava. Fiato caldo. Non mi voleva mentire, non mi avrebbe mentito mai piú. Rispondeva che era stato uno sbaglio, poi si fermava. Si schiariva la voce, voleva dirlo meglio, con molto fiato. Annunciarlo come una fine e anche come un inizio. Mio padre diceva che era stato tutto uno sbaglio e che gli uomini ne commettono molti di sbagli cosí.

Ho acceso la luce, erano le quattro, mi sono alzata e ho percorso il corridoio. Sono entrata nella stanza facendo pianissimo. Dormivano abbracciati, cosí belli a vedersi, il petto dell'uno contro la schiena dell'altra, apparentemente indistinguibili. Ammucchiati nel letto della loro vita, costituivano un cuore come tutte le cose che pulsano e tutte quelle che smettono di pulsare, all'improvviso.

Per come lo concepiamo noi, si direbbe che il cuore negli insetti non esista. È un sistema che si dirama senza centro, un apparato diffuso fino nelle ali. È un groviglio, ma c'è sempre un cuore che muore quando il groviglio cessa di battere.

Sono rimasta lí, mentre loro dormivano, a constatare l'assenza di pulsazioni. La notte si è fatta corta e l'alba ha cercato dietro i monti un po' di luce, iniziando a rischiarare.
Sono ritornata nel mio letto e mi sono raccolta tra le lenzuola divenute ormai fredde.
Mi sono addormentata un'altra volta e non ho sognato piú niente.

Passi

Camminavamo veloci, il mattino seguente.
Stavamo andando a scuola e Andrea aveva il passo piú svelto del mio, faticavo a stargli dietro. Gli ho chiesto: perché corri? E lui ha risposto: sei tu che vai lenta. Ad ogni passo che faceva, io dovevo farne tre. E ogni respiro che lasciavo dietro di me cercava di cancellare quel ridicolo modo di procedere, maldestra e approssimativa com'ero. Un filo d'erba calpestato.
Aveva piovuto tutta la notte e solo all'alba aveva smesso. Seguivo silenziosamente l'alternarsi dei miei piedi sotto l'orlo del cappotto poi ho detto ad Andrea: ieri ho fatto un sogno terribile. E lui: tu hai sempre fatto sogni terribili. E io: a occhi aperti. Allora lui ha chiesto: in che senso? E io gli ho raccontato cos'avevo visto la sera prima nell'atrio di quell'albergo. Dopo ho desiderato fortemente sentirlo dire: ma sei matta?
E invece. Io lo sapevo, ha detto. E poi ha fatto una faccia quasi soddisfatta e arrotolato tra i polpastrelli la cartina di una sigaretta. Sono rimasta in attesa proprio come quando si aspetta la pioggia. Ho sentito le prime gocce cadere distante da noi, poi piú vicino, piú veloci, piú fitte.
E lui camminava, saltava una pozzanghera, dava fuoco al ciuffetto di tabacco che spuntava dalla sigaretta. Poi ha parlato.
Un giorno eravamo dal benzinaio, sarà stato un anno fa. Si è fermata un'auto con dentro una donna. La donna è scesa. Stava per salutare papà ma poi ha visto me e si è

bloccata di colpo. Ha finto di cercare qualcosa nella borsa. Papà non si è accorto di lei perché stava selezionando il distributore. Lei è rientrata nella sua auto e ha atteso che anche lui rientrasse in macchina. Allora ho indicato la donna nella Subaru grigia dietro di noi e gli ho chiesto se la conosceva. Lui ha guardato nello specchietto e ha detto di no. Ma c'è stato un momento in cui si sono guardati e da come si sono guardati, io ho capito.

Ci siamo fermati al semaforo.
La pioggia picchiava forte sulla cupola dell'ombrello.
Mi guardavo l'orlo bagnato dei jeans.
E cosa hai capito?
Ha fatto un gesto volgare con la mano che significava tutto e non significava niente. In quel momento il semaforo è diventato verde e noi abbiamo attraversato.

Bambú

Ci hanno apparecchiato la fine sopra un tavolo quadrato. La fine della mia famiglia, formalmente sancita una sera che mia madre ha chiesto a mio padre di prenotare al ristorante cinese.

Il cameriere ha steso la tovaglia, disposto piatti e posate, poi ha fatto segno di accomodarci e noi abbiamo ordinato quello che ordinavamo ogni volta, nessun colpo di scena.

Mentre addestravamo la mano a coordinare le bacchette, il telefono di nostro padre si è messo a vibrare. L'abbiamo sentito tutti vibrare attraverso la sua giacca e di colpo ci siamo fermati con bocconi di riso a metà, le bacchette sospese tra le dita contratte, e lui solo ha continuato, deglutendo la matassa gommosa di spaghetti come se non sentisse per niente quel ronzio fastidioso e insistente.

Nostra madre ha parlato con la bocca piena, ha detto: rispondi.

Lui si è rifiutato e ha fatto un cenno con la mano che significava: dopo. Se n'era accorto. Ma lei ha insistito: rispondi adesso.

E lui si è alzato fingendo di farlo controvoglia, ha preso il telefono dalla giacca, si è allontanato verso l'uscita, dove nessuno lo poteva sentire.

Mi vergognavo a guardare mia madre in viso.

Guardavo nel suo piatto, osservavo la punta del suo coltello sventrare un involtino primavera ed estrarne filamenti vegetali, disporli in una macchia di soia e disegnare cerchi che improvvisamente sembrava aver fretta di chiudere. Non riuscivo a guardare il suo viso, ma avrei voluto saperlo fare.

Andrea invece la guardava, le chiedeva se stesse bene e perché le sue mani stessero tremando. Lui prendeva le cose di petto, con forza, com'era scritto sulla sua pelle, sul braccio che nascondeva sotto i vestiti. Quando nostro padre è ritornato, è stato lui a dire ciò che tutti avremmo voluto saper dire.

Chi era?
Un cliente.
Un cliente alle nove e quarantasette di sera.
Un'altra carta clonata.
È stato lui a gettare le bacchette sul tavolo, a spalancare il palmo della mano.
Fammi vedere chi era.

Allora mia madre non è piú riuscita a trattenere niente. La rabbia e la delusione sono iniziate a fuoriuscire come sangue da una ferita aperta. Forse aveva sempre saputo, ma quella sera, davanti al padre che ingannava il figlio, ormai era impossibile trattenere tutto quello che adesso le svuotava i polmoni, e poi si spezzava nel primo singhiozzo di un pianto sopra il suono duro delle posate lasciate cadere nel piatto.

Ho voltato la testa verso i camerieri, ho alzato lo sguardo verso la loro indifferenza. Una famiglia si stava sfasciando e loro provvedevano a lasciare sul tavolo le successive portate, meccanicamente, come se quella famiglia fosse ancora in grado di mangiare pollo al curry con gusto.

È stata mia madre a interrompere il gioco. La sua mano ha respinto bruscamente il piatto, l'ha ribaltato addosso al cameriere rovesciando pezzi di pollo gialli sulla sua camicia bianca. Poi si è alzata, ha preso borsa e soprabito ed è uscita di scena rapida come un'ombra. Mio padre ha sistemato le cose porgendo la carta di credito. Sulla tavola sono rimasti gli avanzi e poco altro. Uno sguattero cinese che s'affrettava a far sparire il menu sedici dal pavimento.

I miei genitori si sono finiti cosí, senza comunicati stampa. Lui ha fatto una valigia e se n'è andato, lei è collassata di diazepam sul letto. Non ci sono state risposte e nemmeno domande. È stato tutto talmente chiaro che mi sarei potuta sedere a risolvere le parole crociate mentre accadeva.

Le persone cattive vanno all'inferno, ho pensato, le famiglie cattive nemmeno quello. Poi ho tracciato una linea nell'aria. Partiva dal gusto piccante del chili e finiva nel sapore stantio del bambú.

Soffitto

Ho atteso il suo ritorno. L'ho atteso come un cane dietro la porta. Non sono mai stata in grado di abbandonare quella porta e neppure mi ha sfiorata l'idea che non sarebbe piú tornato. Gli ho dato tempo. Tutto il tempo che ti serve, ho detto. E ho contato fino a un miliardo. Pausa di alcuni giorni. Ho ricontato fino a un miliardo. Niente.

Facevo colazione. Andavo a scuola. Tornavo a casa e mangiavo con mia madre e mio fratello. In silenzio. La sedia vuota. A pranzo e a cena. Anche il divano. Anche l'appendiabiti. Mancavano cose. Cose che si potevano toccare. Alcune erano con lui. Altre no. Sono sparite le fotografie. Di colpo, tutte insieme. Lui che mi gonfiava i braccioli. Lui allo stadio con Andrea. Lui con mia madre a Parigi. Spariva tutto di lui.

La sera intravedevo mia madre entrare nel letto. Il pigiama di seta la faceva scivolare nel mezzo. Sembrava piccola in quel letto grande. Abbassava il libro e mi diceva: sdraiati un po' qui, vicino a me. Mancava un cuscino, vicino a lei. Un vuoto sufficientemente grande per far collimare particelle di materia. Di me. Provocare reazioni nucleari. Di noi. Andavo a riempirlo. Mi sdraiavo in quel vuoto. Non riuscivo a odiarlo.

Cercavo di dormire, gli occhi piantati nel soffitto. Facevo un elenco dei modi in cui si poteva uccidere un animale piccolo. Ce n'erano cosí tanti. Si poteva essere lenti e crudeli, oppure veloci e pietosi. Divenivo esperta. Ne ho comprato uno. Un canarino. Cantava di continuo. L'avrei impiccato con lo spago. Anzi no. Gli avrei legato le ali e l'avrei gettato di sotto. Annegato nel lavandino. Facile, con un dito. Impiegavo cosí tanto tempo a decidere quale morte destinargli che mi ci affezionavo. Lo lasciavo vivere. Mi prendevo cura di lui. Lo amavo. Non aveva nome. Solo mio padre ne aveva uno. Le cifre ricamate sulla camicia. Sulla cravatta. Me le scrivevo sulla mano. Con la penna a scuola. Le sue iniziali. Premendo la punta sulla pelle. Esci da me. Affiora in superficie e resta lí. Per sempre.

Cercavo quell'odio che non riuscivo a formare. Come una perla. Un corpo estraneo. Una scheggia infilatasi tra le pieghe piú morbide, nel punto piú tenero, dove si è vulnerabili. Volevo trovarlo. Iniziare a costruirlo. Per strati. E poi spingerlo su. Arrotolarlo sulla lingua. Batterlo contro i denti. Sprigionarlo come un veleno. Una perla che cadesse da me e rotolasse via.

Rosetta lucidava i tegami di rame in cucina. Sospirava. Diceva qualcosa nel suo dialetto. Non capivo. Mia madre ritornava con le borse della spesa. Era sabato. Attesa di campionato. Pensavo: chissà dove guarderà l'Inter domani. Lo dicevo ad alta voce. Nessuno rispondeva. Dovrà tornare prima o poi a prendere il suo ombrello. A riprendere le monetine nello svuotatasche. La stecca di sigarette rimasta nel cassetto del suo comodino. Queste cose rimaste di lui.

Nel frattempo il canarino era morto. Naturalmente. Vecchiaia, infarto, solitudine. L'autopsia condotta da mio fratello non chiariva le cause. L'ho seppellito nel parco, quello delle pigne. E lo aspettavo. Contando. Tutto il tempo che ti serve, dicevo. E contavo.

Dieci miliardi. Cento miliardi. Mille miliardi. Non ritornò.

Collisioni

Nelle altre famiglie si parlava di noi. A pranzo, a cena, dal parrucchiere, in chiesa. Eravamo una casa scoperchiata da un terremoto e tutti potevano sbirciare dentro, tra le macerie.

Le altre famiglie si avventavano sui resti della nostra per trarne compassione e disappunto, eccitazione, cattivo esempio, battute, lezioni di vita, ammonimenti, cose cosí. Ricordavano com'eravamo anni prima, nelle loro case, alle loro cene. La coppia affiatata e i marmocchi nutriti d'amore. Si premevano nello spazio tra i denti la punta di uno stuzzicadenti e parlavano di mia madre. Una bella donna come lei. Avrebbero preso volentieri in mano una grossa pietra per finirla e non farla piú soffrire. Puntavano il riflettore su Andrea e dicevano che si drogava, succede nelle belle famiglie che si sfasciano. Mio fratello che accudiva le sue quattro piantine moribonde di canapa con pietà cristiana, per loro era uno spacciatore di quartiere, la naturale metastasi di ciò che aveva ammalato la mia famiglia. E di me non so cosa dicessero, forse che sarei divenuta anoressica nel giro di un mese o due.

Ma mia madre si era data poco tempo per soffrire. Aveva stabilito un tempo massimo dopo il quale ogni tipo di autocommiserazione sarebbe stato ridicolo. Aveva cambiato solamente certe abitudini. Usciva di meno. Leggeva di piú. Guardava e riguardava *La regina Cristina* ripetendo assieme a Greta Garbo: *il vento è con noi*.

Soprattutto comprava mobili nuovi. Non sapeva ancora

a cosa le sarebbero serviti, ma era come se si stesse preparando per quando l'avrebbe saputo.

La stavo accompagnando a comprare una libreria. La sera prima avevo ascoltato pezzi di una sua conversazione telefonica. Parlava con sua sorella che abitava a Milano. Avevo capito: mettere le mani avanti, l'avvocato della Chicca, continua nevralgia, voglia solo di me stessa. Guidava aggrappata al volante, verso ovest. Guidava come non le piaceva guidare. Strattonava la macchina scalando marcia, cercando di essere piú veloce di quella tristezza che le circolava dentro. Il cielo riappariva dopo ogni cavalcavia e lei sceglieva di non guardarlo. Era domenica mattina e il sole faceva prudere il naso e starnutire. Aria tersa. Aironi sul greto del torrente. Tutto s'accordava in un'eleganza grigio asfalto e lei stava zitta. Cercava qualcosa. Un punto fermo, basso, davanti a sé. Occhi attenti e stretti per guardare lontano. Materassi. Televisori sfasciati. Pietre e scarpe vecchie.

Con la fronte appoggiata al vetro, ho guardato le cose scorrere fuori dall'abitacolo pensando che a volte l'unica cosa che conta è avere davanti una strada.

Siamo arrivati al grande magazzino senza parlare. Mia madre ha tirato energicamente il freno a mano, è scesa e ha raggiunto l'entrata abbracciata al suo catalogo. Io l'ho seguita e la porta girevole ha inghiottito anche me. Dentro era pieno di famiglie con bambini, coppie affiatate e grandi sacche gialle per gli acquisti. Mia madre seguiva le frecce adesive sul pavimento come le regole di un gioco. Contemplava la tavola apparecchiata di una cucina all'americana, apriva e chiudeva cassetti che scorrevano come burro, si perdeva nell'appartamento ricavato in cinquanta metri quadri esplicativi e, sbucando dal bagno, mi strizzava l'occhio: t'immagini se uno si sbaglia e ci fa la pipí per davvero? Poi continuava a vagare abbracciata a uno scolapasta e a una dozzina di candele alla vaniglia in saldo.

Siamo entrate nel reparto librerie. Abbiamo passato un'infinità di tempo a misurare scaffali con il metro di carta in dotazione. Ne abbiamo scelta una, ci siamo segnate alcuni dati su un foglio, poi abbiamo attraversato il reparto di distribuzione merce e appoggiate al grande carrello abbiamo aspettato che ci venisse consegnata.

Mia madre era felice, felice per cosí poco, e bisognava capirla, oppure no, bisognava solo montare sul tetto della sua Ford il pesante feretro di cartone della libreria per poi fare dietrofront, in controsole, tornare a casa.
Svegliare Andrea. Pigiama azzurrino che pendeva da tutte le parti alle ore dodici e trenta. Buttato giú dal letto da tre citofonate insistenti. Con modi sgarbati e sottotitolo *ve la farò pagare* ci ha aiutate a incastrare la libreria nell'ascensore.
Cos'è?
Sapeva benissimo cos'era ma voleva coglierla in flagrante.
Una libreria, la montiamo tutti insieme?
Mio fratello la guardava cercare di sbrogliare la matassa della sua vita e la disprezzava. Ha detto che se ne sarebbe andato anche lui, nel giro di poco tempo, che era stufo dei suoi colpi di testa, che si rifiutava di montare un'altra libreria, non sapevamo che farcene, dove metterla.
Montatela da te.
Allora lei si è seduta a leggere le istruzioni, ha detto che la differenza è fatta dalla chiarezza di un libretto d'istruzioni, che le dispiaceva non ci avessero fornito alla nascita di un manuale per la vita. Doveva pensarci lui, vostro padre.
Allora Andrea ha detto: la monto dopo mangiato.
E lei si difendeva dandogli le spalle: tuo fratello è la copia perfetta di tuo padre – aiutami a distinguere le viti – questa casa è troppo grande, ormai.
Ci mettevamo a fare mucchietti di viti, inginocchiate sul pavimento freddo di graniglia. La guardavo avvitare

con decisione, costruire il suo monumento ai caduti. Dicevo: compriamo un battello, cerchiamo un fiume lungo, facciamo gli zingari e non torniamo mai indietro.

Ma lei rideva, diceva: quali zingari. E diceva che da domani avrebbe dato un'occhiata ad altre case, che ne aveva abbastanza di vivere in quel posto, tra quelle donne che sapevano solo fare macabre composizioni di fiori disidratati da vendere a decine di migliaia di lire scrivendo sui cartellini *cadauna*.

Le altre madri. Detestava sentirsi paragonare a loro. Tutta colpa del destino se la differenza passava inosservata. La differenza tra un'ape e una farfalla, tra chi lavora incessantemente all'armonia riducendosi le ali a brandelli e chi ha solo cura di rivestire il proprio bozzolo di seta. Differenze che il destino rimpiccioliva fino a fare sembrare tutti gli insetti uguali tra loro e diversi dalle giumente, dalle chiocce e dalle gatte. Mia madre conviveva con le donne che il destino le aveva accostato fin dall'inizio. Le incontrava alle inaugurazioni dei negozi, a parlare con gli insegnanti, ai ricevimenti privati ai quali suo marito veniva invitato. Sopportava silenziosa. Resisteva. Trovava in quelle donne qualcosa che la riempiva d'inquietudine. Una strana povertà dietro alla facciata benestante. Donne che avevano molto tempo libero. Un negozio arredato come la propria casa per vendere modernariato. Collane di plastica. Decorazioni per il bagno. Donne che accarezzavano il cachemire del suo maglione giudicandolo splendido. Sfiorandole un capezzolo. Che compravano la cena in rosticceria per non rovinarsi le unghie cucinando. Mio padre era stato un uomo per donne come loro. Aveva regalato a mia madre borse da un milione che lei non ha mai portato. Aveva ripetuto lo stesso regalo l'anno dopo perché si era dimenticato dell'anno prima. E i gioielli. Gli anelli. Mio padre non aveva mai badato a spese per soffocare nella seta la sua ape operaia. Mia madre chiudeva tutto in cassaforte, ammucchiava ricchezze per i suoi figli e cercava di chiudere lí dentro anche tutta la sua tristezza. Mentre lui ammirava le mogli degli altri perfettamente intonate all'opulenza di quei salotti. E ascoltava, partecipe, del primo figlio in parlamento a Bruxelles, del secondo cocker vincitore di un premio, della terza filippina cambiata in un anno, della quarta casa a Menton. Il consueto notiziario che i bachi seguivano battendo le mani inanellate dentro i bozzoli, compulsivi, facendo frusciare le camicette nere di seta shantung. Invece la sua, di moglie, sempre uguale a se stessa e a nessun'altra intorno.

Quell'ape testarda, vestita di bianco persino ai funerali.

Applauso

Le cose tra loro non erano mai andate bene, per via di quel bianco. Una sera mia madre lo dice. Sputa il dentifricio nel lavabo e mi guarda attraverso lo specchio. Giro la testa di lato per schivare il colpo. Allora è cosí.
Mio padre e mia madre non si sono amati.

Elemosina

Un uovo aveva attecchito su mio padre, era stato fecondato, e aveva generato tutto quel catrame in cui ci trovavamo invischiati. Una di quelle donne era riuscita a ottenere il maschio-padre e iniettare in lui la nostra fine. Una di loro, ma quale?

Il polline viaggiava nel vento. Una massa di piccole particelle gialle che conferiva al mondo una morbidezza neonatale e fuorviante. Arrivata davanti al portone della scuola sono arretrata di alcuni passi e mi sono fermata. Il vocabolario di greco mi pesava tra le braccia come un bambino addormentato. Avrei saltato il compito in classe, mi sarei scritta una giustificazione imitando la firma di mia madre e avrei recuperato il voto con un'interrogazione dove avrei fatto confusione e mi sarei sentita umiliata dalle illazioni dell'insegnante. Tutto questo per raggiungere lui. Quel mattino pieno di polline e pensieri. Ho ripreso a camminare. Senza nemmeno accorgermene. Era il mio corpo a sapere dove andare.

Le porte automatiche sono scivolate lungo la moquette, sul logo della banca. Mi sono diretta verso la scrivania del direttore e l'ho trovata vuota. Ho intravisto mio padre che beveva un caffè, intento a chiacchierare con una collega. Ho bussato contro il vetro e lui si è voltato sorpreso mentre la collega bloccava il riso a metà per indicarmi amabilmente con la punta della sigaretta. Dall'orifizio delle sue labbra è scaturita la parola *figlia* assieme a uno sfiato di fumo grigiastro.

Non mettevo piede nel suo territorio dai tempi delle scuole elementari e per questo lui ha fatto una strana faccia e poi una serie di espressioni intraducibili, finché ha optato per un sorriso paterno, ha schiacciato il mozzicone tra i fori della colonnina ed è rientrato nel mondo dei rumori.

La sua grande mano è planata sulla mia spalla e mi ha guidato fino alla scrivania sopra la quale penzolava il disegno che gli avevo regalato a quattro anni, ingiallito e irrigidito dal tempo.

E la scuola?

Non ho risposto e lui ha lasciato perdere, si è seduto e ha sfregato le mani tra loro come prima di assistere un cliente.

Mi guardavo attorno. C'erano colleghe ovunque.

La donna che stava fumando con lui è rientrata ed è venuta a sedersi alla scrivania lí vicino, proprio accanto a noi. Sulla bassa paratia che ci separava notavo diversi aloni di sguardi condensati sul vetro. Era una donna che si credeva ancora giovane. Visibilmente innervosita da un'unghia spezzata, si è lamentata con mio padre della forma poco ergonomica di quella cassettiera contundente. Mio padre ha innescato una delle sue risate a scoppio e lei si è risistemata la scollatura salita a coprire ciò che andava scoperto. Poi lui è tornato con lo sguardo su di me.

Cosa mi racconti di bello?

Era evidente che la mia presenza lo stesse mettendo in imbarazzo. Ho cancellato quella frase poco felice dallo spazio tra noi e mi sono avvicinata alla sua persona, mi sono protesa sulla scrivania e gli ho chiesto sottovoce: dimmi solo se è qui, tra queste.

È diventato rosso, temendo che qualcuno ci potesse sentire.

Non capisco, ha detto.

Hai capito.

Ci ha pensato. Non alla risposta, ma a cosa avessi in mente. Forse si ricordava di quando incontravamo al bar

tutte quelle creature che lo circondavano e di come fossi intimorita da loro, della mia smania di andare via e della puerile maleducazione che dimostravo nei loro confronti. Si è coperto parzialmente la bocca come per accarezzarsi il mento, ha piazzato un gomito sul tavolo e ha detto: no, non è qui.
È la verità?
Sí, è la verità.
E ora come faccio a crederti?
Allora sembrava dispiaciuto, come se non fossero le bugie a pesargli ma la credibilità perduta. Ha fatto un mezzo sorriso e poi ha avvicinato la testa quasi a darmi un bacio, con il fiato mi ha sfiorato una tempia e ha detto: queste non sono signore.
I miei occhi si sono riempiti di lacrime, persino le mie piú amare convinzioni erano state smentite da quell'uomo che mi scagliava contro le mie stesse fantasie. Tutto quello a cui avevo creduto si stava sgretolando e nessuno avrebbe potuto arrestare quel crollo. Mi sono alzata e l'ho salutato. Lui è rimasto seduto, abbarbicato sulla poltrona, la cravatta regimental stretta come un cappio al collo e le mani inermi sui braccioli. Mani che avrei strappato, fatto a pezzi, arso nel fuoco – mani che infinitamente amavo.

Diorami

Appena dietro il palazzo littorio che ospitava la banca si trovava il Museo Civico di Storia Naturale. Mi sono seduta sulla scalinata del portone monumentale, mi sono presa la testa tra le mani e sono rimasta un po' cosí a pensare.
La gente passava sul marciapiede e gettava occhiate disattente a me, al mio zaino e al vocabolario, chiedendosi cosa facessi lí seduta anziché starmene dietro un banco di scuola. Possibile che la gente debba sempre collocarti dove non vorresti, pensavo. Una tigre nella savana. Allora mi sono alzata, tre scalini alla volta e sono entrata.
Il museo era un imponente edificio ottocentesco. Conteneva quattro milioni di esemplari zoologici provenienti da ogni parte del mondo, a molti dei quali, durante le ripetute visite domenicali della mia infanzia, mi ero affezionata come ad animali domestici.
Con un unico cenno di mano ho salutato il guardiano e il grizzly rampante nella teca davanti alla portineria. Ho iniziato a gironzolare per le sale, scorrendo i diorami come le illustrazioni di un libro conosciuto a memoria. Odore di formalina e polvere, luce fioca, mille paia d'occhi di resina e vetro a scrutarmi come ogni volta.
Ho oltrepassato il piccolo anfiteatro di legno dove proiettavano i documentari e sono salita al primo piano per raggiungere la sala degli artropodi.
Vetrine, teche e mobili espositori obbligavano a un percorso a serpentina tra innumerevoli varietà di farfalle, scarabei cornuti simili a elefanti in miniatura, insetti foglia

giganti, formiche, api, calabroni, mantidi, forbicine, grilli, cavallette, scorpioni, ragni e tarantole, acari e parassiti vegetali, pulci e persino moscerini, fino alla vetrina dei nidi di insetto con un modello di termitaio in scala naturale nel quale avevo immaginato piú volte di intrufolarmi.

La cercavo lí, tra quelle vetrine. Lí c'erano tutti gli aracnidi e gli insetti del mondo, lei non poteva di certo mancare.

Mi sono fermata a osservare attentamente una mantide lunga quasi dieci centimetri, poi le farfalle sudamericane dai colori violenti. Davanti alla teca dei lepidotteri mimetici, ho aguzzato la vista per distinguerli dall'ambiente che li circondava.

Trovarla è impossibile, ho pensato.

Lei si nasconde, si mimetizza come questi coleotteri, si è colorata per anni della vita di mio padre, della mia famiglia, e forse è ancora lí, vicino a noi, tutt'uno con il colore di una parete e ci guarda, ci ha guardato al mare e a Natale, a cena e anche dormire, sempre presente ma invisibile, almeno per noi, che non sapevamo di lei.

Novità evolutive?, mi ha chiesto il guardiano all'uscita. Era uno scapolo in divisa blu con i capelli ingrigiti non dal tempo ma dai trent'anni di lavoro in quel posto.

Al bradipo è caduta la guancia sinistra, ho risposto e lui ha allargato le braccia in segno di sconforto per la scarsa manutenzione di quel patrimonio.

Fuori dal museo la luce del sole era abbacinante.

La gente mi camminava accanto, mi scontrava malamente, si specchiava nelle vetrine andando molto di fretta. Immaginavo di fermare tutto, imbalsamare tutti e poi di continuare a camminare in mezzo a loro. Le loro ombre immobili mi coprivano e scoprivano come quelle di alberelli piantati senza logica dappertutto. Era il diorama dell'essere umano e lei si nascondeva lí, immobile e ferma contro un muro, arancione come un autobus, grigia come un palo.

Ma quante sono, pensavo, le persone che si nascondono?

Poi la città riprendeva a muoversi, le persone il passo

che avevano lasciato a metà per compierne un altro e poi un altro ancora. Un bambino mi è venuto addosso con lo zaino pieno di libri e sono stata io a chiedergli scusa.

Bilico

Dopo una primavera di sole intermittente era in arrivo un'altra estate. Il sole si attardava nel cielo della sera come un bambino che si rifiuta di andare a letto. Mi appoggiavo ai tigli e restavo lí, con la fronte premuta contro la corteccia fresca a misurare il contorno dell'ombra.
Andrea esprimeva un desiderio a modo suo. Battendo i piedi per terra, otteneva il solito mese di vacanze in Versilia. Ufficialmente, per rivedere gli amici. In via ufficiosa, per mettere alla prova sua madre. Pessima idea ma era l'insetto maschio rimasto in quella casa, come resistergli? La madre diceva: sappiate che lo faccio *solo* per voi. E poi diceva: nonostante tutto. E io dicevo: ma voi chi? E mio fratello mi guardava minaccioso.
Andrea ha chiamato nostro padre. L'affitto della casa l'avrebbe dovuto pagare lui. Nostro padre non ha battuto ciglio, si è dichiarato piú che contento a disporre la somma necessaria e cosí ci siamo incontrati tutti e tre alla tavola calda di fianco alla banca.
Andrea e il suo vassoio hanno seguito nostro padre e il suo vassoio verso un tavolo libero. Nostro padre ha aperto la busta di carta sterile, ha estratto le posate, ha detto: mangiate ché se no si fredda tutto. Sedanini al sugo, cotoletta alla milanese e patate al forno, in entrambi i vassoi. Nel mio un'insalata di pollo. Parlavano mangiando. Battute brevi per facilitare la masticazione. Andrea era nervoso e molto affamato. Nostro padre attaccava con le domande.
Com'è andata la scuola?

Bene – deglutizione – latino a parte.
Sai come si dice.
No.
Non multa, sed multum.
Ho il debito, pa'.
E tu?, mi ha chiesto.
Insomma.
Hai recuperato matematica?
Sí.
Nostro padre si abbeverava d'acqua frizzante, tossiva e si scusava incolpando le bollicine.
In Versilia quanto state?
Il solito.
Sei tu che vuoi andare, ha detto indicando Andrea.
Chiaro.
Mi fa piacere.
Cosa ti fa piacere?
Mi fa piacere averti trasmesso un certo gusto.
Ha addentato un trapezio di cotoletta che gli stava sfuggendo dalla forchetta. Ha rigirato due patate nell'olio e nel rosmarino e ha aggiunto anche quelle all'interno della bocca.
Poi vi faccio un assegno per l'affitto del mese, ha detto.
Andrea ha annuito, ha afferrato un pezzo di pane e ha fatto scarpetta nel sugo lasciato dal padre.
Posso prendere il tiramisú?
Puoi prendere tutto quello che ti va.
Andrea si è alzato ed è ritornato con tutto quello che gli andava: il tiramisú. L'ha finito in quattro cucchiaiate, si è svuotato in gola il fondo della bottiglietta d'acqua, e ha tirato le somme.
Sei felice.
È una domanda?
Mi sembri felice, da quando stai con quella.
Nostro padre ha sospirato. Non ha risposto. Ha fatto un cenno alla cameriera perché portasse i tre caffè segnati

sullo scontrino. Si è pulito la bocca con il tovagliolo. Ha strappato via la plastica del nuovo pacchetto di sigarette.
Vostra madre come sta?
Tua moglie?
Ha fatto un cenno paziente con la testa e un gesto di ovvietà con la mano.
Bene. In forma.
Bene.
Sulla terra va tutto bene, pa'.
Poi ha staccato l'assegno e Andrea se l'è infilato nella tasca dei jeans.
Occhio a non perderlo.
Si sono alzati. Anch'io. Nessuno ha notato metà della mia insalata lasciata nel piatto. Abbiamo svuotato i vassoi e ci siamo salutati davanti alle porte della banca. Buffetto sulla guancia della figlia. Pacca sulla spalla del figlio.
Fate i bravi, al Forte.
Anche tu.
Fine.

Siamo arrivati a Forte dei Marmi sgangherati e con una valigia in meno. Sembravamo i tre porcellini, però nemmeno uno furbo. Il lupo avrebbe distrutto tutte e tre le casette soffiando senza fatica, bastava guardare le nostre facce mentre trascinavamo le valigie con le rotelle lungo il marciapiede per capire che saremmo tornati subito indietro.
I toni si sono affilati appena mia madre ha confessato di essersi sbarazzata del mio costume verde acqua.
Era slabbrato.
Si poteva cambiare l'elastico.
Ti ho comprato questo, non va bene lo stesso?
Rosetta lo poteva cambiare, lei è capace.
Uh quante storie per un costume da quattro soldi.
In spiaggia, con addosso il nuovo costume a due pezzi, leggevo *La morte a Venezia* del quale avrei dovuto fare la

scheda di lettura come compito delle vacanze. Ho sottolineato alcune righe.

Guardavo il mare piatto e sabbioso che avevo davanti e chiudevo il libro. Controllavo meticolosamente che i mille nodi del costume fossero saldi e mi alzavo raggiungendo la piscina d'acqua dolce dove si ammassavano i bagnanti in quei giorni di mareggiate e depositi di alghe su tutto il litorale.

Camminavo sul bordo e mi sedevo con le caviglie nell'acqua. Attraverso un'ampia interruzione della siepe gettavo un'occhiata ai bagni accanto. Le ragazzine dell'anno prima non si vedevano piú in giro. Stanche di vacanze con i genitori, il loro sciame aveva raggiunto altre località, libere di seminare scubidú e conoscere maschi. Lo aveva raccontato una delle loro madri alla mia, spalmandosi le gambe d'olio abbronzante. Sottolineando le parole con le mani unte, aveva detto: le abbiamo dato un telefonino e lei deve *categoricamente* tenerlo acceso, anche la notte.

E aveva detto: se le avessimo impedito di andare, sarebbe *sicuramente* diventata anoressica come le sue amiche.

E anche: te la ricordi, l'estate scorsa, che mangiava *solamente* insalata?

Mia madre aveva sospirato comprensiva, detto di sí, poi mi aveva guardata costretta nel costume che mi aveva imposto, e forse si era rammaricata per avere buttato via quello in cui potevo ancora sentirmi, in un certo senso, bambina.

Il riverbero azzurro dell'acqua della piscina chiazzava la pelle delle persone. Una donna con venti unghie smaltate di viola e le zeppe di sughero è venuta a sedersi accanto a me. Inzuppava la cavigliera di brillanti finti nel cloro e sospirava profondamente. Mi ha detto che a Milano pioveva. La immaginavo imbalsamata all'interno di un diorama intitolato *Donna di Milano in Versilia*. Le ho risposto: mi dispiace. Poi ho controllato i nodi del costume, mi sono sollevata e sono tornata sotto la tenda.

Mia madre stava parlando al telefono con la zia. Stava dicendo: può restare quanto vuole, anche fino alla fine del mese. Quando ha riagganciato, mi sono premuta entrambi i palmi sulle orecchie per non sentire cosa stava per dirmi. Lei ha fatto un gesto con la mano per chiedermi se ero tutta matta.

Non sentivo.

Non volevo sentire cose che avevo già capito.

Era in arrivo Beatrice.

Aderente

Facciamo che io ero morta e tu eri il principe che mi baciava e io rivivevo.
Il principe ero io, toccava sempre a me quella parte da cretino. Lei si stendeva nella posizione da principessa. Mani giunte sull'addome, labbra lievemente protese, occhi semichiusi a sbirciare i miei movimenti. Perché era morta, ma dirigeva il gioco lo stesso. Mi avvertiva dei rovi, circondavano la sua urna di cristallo e io avrei dovuto falciarli con la spada, e bisbigliava: dopo che mi sono svegliata, devi prendermi in braccio e portarmi sul tuo cavallo bianco. Creato un varco tra le spine, mi chinavo su di lei che sospirava e chiudeva completamente gli occhi, restando in attesa.
La baciavo. La sua bocca sapeva di plastica dei Mini Pony, caramelle Zigulí e pane bagnato un po' acidulo. Era un bacio rapido, lo sfiorarsi di due superfici.
Si svegliava. *Riviveva*. Mi metteva le braccia attorno al collo e io fingevo di prenderla in braccio. Pesava il doppio di me. Si dimenticava di salire sul cavallo, batteva i tacchi delle sue ballerine di vernice e s'inventava un altro gioco umiliante. Mi allacciava la cintura dell'accappatoio a un passante dei pantaloni. Mi diceva di restare a quattro zampe e ansimare con la lingua di fuori. *Facciamo che tu eri il mio cane e io la padrona che ti dava da mangiare.* Eseguivo e continuavamo a giocare insieme, girando e rigirando attorno a un sintetico assunto di base: noi due, al di là di tutto, non ci piacevamo.

Beatrice è arrivata da Milano con il treno delle undici. Faceva la modella e a mio fratello piaceva da quando aveva visto una sua foto su una rivista e aveva potuto dire ai suoi amici: questa gnocca è mia cugina.

L'abbiamo portata al mercato. Mia madre le ha comprato una borsa di rafia e lei se l'è appesa subito al braccio per muoversi tra la gente con quelle lunghe gambe che Andrea misurava a ogni passo. Non sembravamo parenti, visti da fuori. Nemmeno mia madre sembrava madre o zia di qualcuno. Tutti e quattro camminavamo vicini, ma quasi fosse per caso.

Eravamo specie diverse, diverse erano le cose da cui eravamo attratti per natura. La cugina provava tacchi a spillo, la madre sollevava padelle antiaderenti, il fratello guardava il sedere della cugina innalzarsi nella prova delle scarpe e io li guardavo mentre ciascuno guardava qualcosa.

Mia madre ha comprato anche due braccialetti identici, uno per lei e uno per me. Il braccialetto era una catena che aveva piccoli ciondoli d'argento appesi e Beatrice me lo ha allacciato al polso perché io potessi acquisire anche solo un richiamo della sua beltà. Mia madre ha proposto a mio fratello un pigiama azzurrino con le anatre stampate sopra che lui ha rifiutato coprendola d'insulti, cosí lei ha detto: da quando in qua dormi nudo?

Ma Beatrice non ascoltava, nemmeno li considerava quelli come lui, che fumavano, consumavano videogiochi e andavano ai concerti metal. Mi sono avvicinata a mio fratello e ho detto: andiamo a vedere il banco dei libri usati? E lui ha risposto di sí.

Al banco ha tirato fuori delle monetine dalla tasca e mi ha comprato un numero della collana Urania. Non sapevo cosa fosse ma lui ha detto che dovevo allargare i miei orizzonti e che il braccialetto mi stava male, mi faceva sembrare un *budello*, e io ho stretto tra le mani quel libretto polveroso e ingiallito. Sulla copertina un alieno spaventava dei bambini. Andrea ha detto: ti ricordi?

E ha scritto una dedica con la penna chiesta in prestito al libraio, ha scritto con la sua calligrafia illeggibile per tutti eccetto me: ATTENTA AI FRAMMENTI INVISIBILI.

Poi Beatrice si avvicinava, spiava, chiedeva: che cos'è? E io rispondevo: un libro. E lei diceva: ah. Poi dirigeva le sue gambe verso alcuni vestiti a fiori, si provava un costume sopra la maglietta e mia madre le comprava anche quello.

Sulla via del ritorno, ciascuno seguiva instancabilmente i suoi pensieri. Il profilo di mia madre avanzava consumato da quelli piú neri ed era tanto affilato da spartire in due la sera.

Luci

Mamma non ci pensare, avrei voluto dirle.

Erano entrate alcune lucciole in cucina e lei stava seduta a prendere il fresco sulla soglia della porta a vetri, nel buio illuminato da quelle piccole luci in movimento. Mi sono seduta anch'io e lei ha detto: questi sono maschi, vedi.

Guardavo le lucciole fluttuare silenziose sopra le nostre teste. Dall'interno dell'appartamento arrivava il baccano di un programma televisivo accompagnato dalle risate di Andrea e Beatrice.

Le femmine stanno per terra ad aspettarli, ha continuato lei, e fanno una luce piú verde.

Poi ha guardato lo scorcio di passeggiata che si intravedeva tra una villetta e l'altra, la gente che ciondolava avanti e indietro, e ha aggiunto: gli insetti sono gli unici che per mettere le ali non hanno rinunciato a un paio di zampe, lo sapevi?

Ho catturato una lucciola tra i palmi delle mani e li ho avvicinati a mia madre. Lei ha raccolto quel nido tra le sue mani e io ho scostato di poco le dita, per scorgere la piccola luce all'interno. Ci siamo affacciate a guardare da vicino.

Quante saranno state le donne di tuo padre?, ha chiesto all'improvviso.

Allora ho sollevato la testa, spalancato i palmi, e ho detto: mamma, non ci pensare.

Le nostre dita si sono separate e con gli occhi abbiamo seguito il piccolo coleottero fosforescente volare via.

Ha lavato i piatti della cena al chiaro di luna, per non attrarre le zanzare. Mi ha chiesto di stendere i costumi sulla corda e cosí sono uscita in giardino con il catino di plastica blu. Ho steso il mio costume un po' sovrapposto a quello di Andrea, sistemato quello di nostra madre vicino a noi e – molto lontano – ho premuto con stizza due mollette sui lembi ridotti del bikini di Beatrice. Quando il telefono ha squillato, la corda del bucato era ruvida contro il palmo della mia mano, lo graffiava e lasciava un segno rosso che bruciava.

Ha risposto mio fratello dall'ingresso, con il suo braccio tatuato scoperto, ha ascoltato e ha detto: ho capito, ciao, poi ha riattaccato. È venuto da me. Ha scansato le lucciole ed è venuto proprio da me, ha strappato un ramo d'oleandro e si è messo a frustare l'aria. La mia mano ha lasciato la corda e tentato di separarlo dal ramo.

Tutta profumata di mughetto, Beatrice è venuta a chiedergli perché mai fosse scappato in giardino e perché Bianca stesse piangendo a quel modo.

Papà sta male, ha risposto forzatamente Andrea, poi ha gettato il ramo.

In cucina i rumori si sono fermati. Il concerto di sportelli aperti e richiusi e di piatti nell'acquaio ha smesso a comando, mia madre ha drizzato le antenne per captare le altre parole. Beatrice ha provato ad abbracciare Andrea e lui l'ha spinta via facendola finire addosso a una sedia.

Ha un tumore.

Le lucciole uscivano dalla cucina e si spargagliavano in giardino. Andrea è rientrato, con una spalla ha urtato mia madre che lo ha seguito verso la televisione. Si sono fermati lí davanti, immobili e illuminati dall'ilarità del conduttore televisivo. Beatrice mi ha guardata e io ho smesso di piangere. Vedevo le lucciole partire.

Precipitare

Fine delle vacanze in Versilia: nostra madre faceva le valigie e ci portava via, nipote compresa, rispedita a Milano. Pagava l'affitto con l'assegno di nostro padre e non salutava nessuno. Una rabbia spropositata si era impossessata di lei e la faceva tremare d'amore, o viceversa.
Fine delle gite alle cave dove fingere lo sbarco sulla luna, delle fritture miste per litigarsi gli ultimi totani, e fine della barchetta dell'amico di Andrea per andare a pescare coltellacci.
Di quella luce pulita, purissima, impotente contro la finzione, non rimaneva che un ricordo. Tutto finiva mentre tutto si allontanava. L'autostrada era la distanza che ci separava per sempre da ciò che eravamo stati, centotrenta chilometri di finale che non piaceva a nessuno. Nostra madre stritolava il volante tra le mani e ritornava calma, riprendeva il suo odio dove l'aveva lasciato, come un ricamo a punto croce.

Iniziava l'autunno. Me ne accorgevo perché le foglie si mettevano a cadere. Hanno aperto mio padre. Lo hanno richiuso subito. Inutile provarci. E le foglie dell'estate cadevano. Seccavano con eleganza, solamente i frutti erano marciti.
All'improvviso mi trovavo a dover correre all'inseguimento di qualcuno che di lí a poco sarebbe sparito in fondo alla strada. Quando con le mani sulle ginocchia e il fiato corto mi sarei fermata e avrei detto: basta, papà, mi sei scappato per un pelo.

Prendevo l'autobus per andare a trovarlo ogni giorno. L'autobus era pieno di gente che aveva odori e forme sgradevoli, gente vera. Spesso c'era una donna che parlava da sola. Aveva le unghie sporche e i capelli in disordine, il vestito con l'orlo scucito. Parlava sempre a qualcuno che non c'era. Mi guardava senza vedermi. E si arrabbiava e scuoteva un sacco dove teneva pane e stracci, e diceva: dimmelo tu cosa ci facevi da lei, quella bagascia, quella troia maledetta! A un certo punto scendeva, sgomitando e imprecando, e l'autobus ripartiva senza di lei. Ogni volta pensavo che certa gente non la ama nessuno e che fa molta differenza essere amati anche da una sola persona in tutto il mondo.

Andavo da mio padre ogni giorno solamente perché lo amavo e lo amavo come prima che lui ci tradisse. Abbiamo parlato anche di questo, gli ho chiesto cosa facesse quella donna nella vita e lui ha risposto: la pasticcera.

Allora ho detto, ridendo, che sembrava un colmo, questo della pasticcera. E lui, mentre la terapia gli entrava direttamente nel cuore, lui ha detto: il colmo per chi?, e io l'ho abbracciato, avevo quindici anni, avrei voluto avere mio padre ancora per mille.

Le infermiere dicevano che non potevo trattenermi oltre l'ora, c'era scritto anche fuori dalla porta, che un po' d'aria mi avrebbe fatto bene, c'era il sole, e indicavano le grandi finestre dalle quali si vedevano un pezzo di cemento, la cima spoglia di un albero e un trapezio di cielo. Ma lui era il mio giro in centro con le amiche, il mio film preferito alla televisione, la mia striscia di focaccia per merenda. Volevo stare con lui e quando la caposala me lo concedeva mi trattenevo oltre l'orario di visita, fino a sera.

Verso le sette l'ausiliaria trascinava il carrello con la cena lungo i corridoi e poi distribuiva i vassoi di stanza in stanza, strisciando gli zoccoli sanitari con svogliatezza. Scoperchiavamo le ciotole di plastica con le pietanze sudate di vapore. Lui mi lasciava la pasta al sugo e affondava il cucchiaio di plastica prima nel purè e poi nell'omogeneizzato alla mela, che andavano giú meglio. Mangiavamo sul letto, attorno a un vassoio posto su un trespolo con le rotelle. Non c'era piú un tavolo né qualcuno che ci guardasse mangiare. Ci guardavamo masticare, l'un l'altra, facendo delle smorfie perché non era esattamente delizioso. Lui aveva perso il senso del gusto e quindi non c'era piú nemmeno bisogno di aggiungere del sale. Ingoiava perché doveva nutrirsi. Si nutriva per non diventare troppo debole. E anch'io ingoiavo e mi nutrivo, perché volevo stare con lui.

Ho provato a salire sul letto e sdraiarmi vicino a lui ma non era possibile, non era un letto per due. Nei letti degli ospedali si è sempre soli, diceva, e io appoggiavo la guancia sul lenzuolo e lui mi accarezzava la testa e i tubicini di gomma mi solleticavano l'orecchio.

Quando andavo via, temevo sempre fosse l'ultima volta e cosí cercavo di imprimere nella mia memoria tutti quei dettagli che altrimenti si sarebbero perduti. Avevo sete. Avevo freddo alle mani. Riprendevo lo stesso autobus e riconoscevo il conducente. Gli chiedevo il nome ma lui non mi sentiva. C'era un vetro ricoperto di aloni e ditate tra di noi. Continuava a guidare e mi riportava a casa.

Idra

Parlare con i dottori era inutile. Chiedere cose come quanto, soffrirà, quando, succederà, questo valore molto alto, cos'è, perché, e indicare i referti con il dito sui numeri, le radiografie tempestate di macchie, un arcipelago nero, una penisola bianca, ogni gesto e ogni domanda, niente serviva. Il corpo medico scuoteva tutte le sue teste all'unisono, ogni testa faceva una smorfia di pena per noi e noi restavamo zitti.

Andrea insisteva, ripeteva ossessivamente di averne due sani, non si poteva tentare? Li pregava di provare a dividere, spartire, ridistribuire la ricchezza dei suoi due polmoni, quell'eccedenza egoista, a lui ne bastava uno soltanto, li pregava in un modo che era impossibile non mettersi a piangere.

Sul tassí respirava l'aria dal finestrino con un polmone soltanto. L'aria entrava nel suo polmone sinistro e quello destro gli era adesso inutilmente agganciato, ermeticamente chiuso, Andrea non sapeva piú che farsene.

Vestaglia

Lí con lui, in mezzo al parcheggio delle ambulanze. Berretto in testa ben calcato sulla pelle di dicembre e le stampelle che affondavano nella terra dell'aiuola. Non mangiava piú. Camminava a fatica. Era diventato vecchio in pochi mesi. Lanciavamo il pane ai passeri.
Gli ho chiesto se si ricordasse dei pinoli e delle pigne.
Ci soffiavo sopra e poi tu te li mangiavi, ha risposto.
E ha fatto un sorriso che veniva da un posto dov'erano ammassati quegli anni della sua vita.
La vestaglia cosparsa di briciole secche e delle mie mani ruvide d'arsura.

Microscopico

L'ultimo giorno e noi due, quel giorno, strettissimi in un silenzio solo nostro. L'aria era viziata. Le mie pupille spalancate sul suo elenco di ottime ragioni per fare pessime cose. Contavo i tubicini che gli spuntavano dal camice, le tacche sull'ampolla dell'ossigeno, i fori nella mascherina. Non seguivo piú il discorso. Lo guardavo cercare di parlare e non avere piú cura di niente. Molte parole rimanevano dette a metà. Eravamo sott'acqua. Credeva che stringermi rendesse le cose piú oneste, perché lasciarsi ha qualcosa di criminale. Il mio cuore batteva cosí forte che anche i contorni di ciò che vedevo pulsavano. Diceva che comunque non avrebbe mai smesso. Intendeva di amarmi e io non sentivo quelle parole ma potevo guardarle salire come bollicine d'aria verso il soffitto. Mi terrorizzava la tenerezza che ci metteva, non ne era mai stato capace fino a quel punto. E quella pioggia che cadeva. Fuori. Avrei voluto dirgli che io – io sola – l'avevo sempre guardato. L'avevo guardato come si osserva una cosa minuscola, con la stessa meticolosa attenzione, interponendo una lente e scoprendo universi nascosti, devastazioni microscopiche, scintille di vita e di morte, invisibili a occhio nudo. Ma le parole non venivano, cosí ho fissato a lungo i vetri e quando ho accettato che cosí doveva andare, l'ho salutato. Ho trovato una piccola quantità di fiato sufficiente solo per dire ciao, e l'ho detto. Quattro lettere in fila. Lui ha sorriso perché sapeva.

Filo

È successo tra pagina duecentottantaquattro e pagina duecentottantacinque di un libro che mi aveva regalato lui. È successo mentre voltavo pagina. Ero a letto, non riuscivo a dormire. La luce illuminava lo spazio tra le pagine, s'insinuava nella rilegatura stretta. È successo lí in mezzo. Poco dopo il telefono ha squillato. Nella notte. Lo squillo è finito tra le pagine. Una voce ha risposto. Anche la voce è finita tra le pagine. Conoscevo quella voce. Ho preso un pennarello nero e ho tracciato una linea di confine. Le frasi *mi sembrava giusto provare* e *per la prima volta nella sua vita* sono rimaste per sempre divise da quella linea, nera e spessa. Dove finiva quella storia. In modo netto, come un discorso interrotto da un rumore brusco e improvviso. Lei che cadeva. Mia madre. Cadeva per terra con la cornetta del telefono in mano. Tra pagina duecentottantaquattro e pagina duecentottantacinque. Tra il prima e il dopo, un po' di colla e un filo.

Cassa

Al funerale mia madre non c'era. C'eravamo noi, *I figli Andrea e Bianca*. Era scritto sulla corona appoggiata ai cavalletti sui quali stava la cassa. Eravamo noi. Un giubbotto blu con la zip e un cappottino verde bottiglia. Il bambino e la bambina. Due teste e quattro mani. Le scarpe in fila.
C'era Rosetta. Non l'avevamo mai vista con gli occhiali scuri. Mi teneva per mano. Tratteneva la mia mano tra le sue e l'accarezzava. Io non riuscivo a guardare avanti. Stavo a testa bassa. La tenevo cosí bassa che mio fratello mi dava dei colpetti per rialzarla un pochino. Non riuscivo a guardare la cassa. La cassa era al di fuori dei miei piani di bambina e di ogni mia aspettativa quindicenne. Nella cassa c'era mio padre. Non potevo guardarla.
Fuori dalla chiesa c'erano colleghi della banca e clienti della banca. Amici di mio padre e parenti di mio padre. Mio zio. I miei cugini. Tutti coloro che avevano riempito l'intera pagina di necrologi. Alcune di queste persone stringevano gli occhi per non piangere e toccavano la cassa. Picchiettavano il legno con le dita e poi si facevano il segno della croce. La cassa veniva inserita nel carro. Il logo argentato delle pompe funebri luccicava elegante sulla portiera cromata. Le corone di fiori venivano appese ai ganci. Quella con il mio nome era poggiata direttamente sulla cassa.
Sentivo i rumori. Ogni rumore provocato dalla cassa risuonava in me e mi spiegava le cose che stavano accaden-

do nonostante i miei occhi rimanessero fissi sui chicchi di riso incastrati tra i ciottoli.

Solo quando il carro è partito la mia testa si è voltata lentamente. Ho guardato la cassa di mio padre. Una porzione di mogano che sbucava tra il foro centrale di una ghirlanda e il riflesso di un palazzo che restava lí immobile, come restavo io.

Rami

L'ho vista piangere, ma di nascosto. Ha pianto cosí perché amava i bambini. I bambini eravamo noi. Ha pianto in macchina, il viso tra le mani nel posteggio sotto casa. Tornavo da scuola e l'ho vista. Ha pianto sotto la doccia, sotto l'acqua scrosciante, poi chiusa nella sua camera, soffocando tutto nello spazio tra i cuscini del letto. Era stata a trovarlo una sola volta. Avevano parlato di case e di soldi e forse avrebbero voluto chiedersi scusa, dirsi ti amo, cose importanti, cose superflue. Ma a lei faceva paura restare, non riusciva a vederlo diventare mortale.

Quando io ho pianto, ero sola. C'era un albero di cachi in un cortile. Un albero dai rami neri e pieno di frutti. Ho pensato che era strano come una cosa che sembrava morta potesse sorreggere il peso di cosí tanta vita.

Parte seconda

Vivi

Abbandonano ciò che sono stati. Lo abbandonano su un ramo, in cima a un chiodo, nella polvere. Quando ne hanno abbastanza, si fermano. Quando sono pronti cessano di nutrirsi, riducono al minimo le funzioni vitali, trovano una posizione protetta e da lí attendono. L'emolinfa pompa dentro di loro. Vogliono crescere, devono farlo per sopravvivere. La rigidità del loro corpo non permette alternative. Devono rompersi in due, partorire un corpo nuovo. Diventare corrosivi e lacerare quello vecchio. Dilaniarlo. Uscirne fuori e aspettare di avercela fatta. Un taglio dopo l'altro. Una muta per ogni fase della vita. Molti insetti crescono cosí. È successo anche a mia madre.
Ha rotto il suo corpo e lo ha lasciato in cucina. L'ha spaccato come un uovo dall'interno e poi è uscita. Una cicala verde, acerba, piena di forza nuova. E ha detto di voler vendere la casa e quando l'ha detto anche la casa si è spaccata. Siamo usciti noi. Cresciuti. Senza padre. E abbiamo guardato nostra madre che era la nostra casa. E un senso di vertigine ci ha fatto sentire tristi ma vivi.

Ci chiama in soggiorno, ci consegna delle scatole, dice: iniziate a riempirle con le vostre cose.
Andrea le lancia i cartoni addosso.
Ma lei piega le sue nuove ginocchia, china la sua nuova schiena, raccoglie le scatole e dice: fallo senza fiatare.
Lui non fiata, sbatte la porta della sua camera e rovescia una colonna di cd nello scatolone.

Il nuovo corpo le concede una rapidità di movimenti sensazionale. Si mette ad ammucchiare gli oggetti che ha temuto di perdere prima della muta, le cose a lei piú care, le mette tutte in una stanza. Stacca uno dopo l'altro i quadri alle pareti, estirpa i chiodi con le dita e l'intonaco si frantuma, colano getti di polvere sul pavimento che lei non si cura di pulire. Sembra capace di sorvolare su un mucchio di questioni dove un tempo s'incagliava e intestardiva. Adesso non le importa che tutto sia pulito e in ordine. Mi dice: fai come tuo fratello, per favore. Io la guardo e non la capisco, a quindici anni non si può capire la propria madre. Però mi fido, riempio uno scatolone di cose a caso e poi resto a guardarlo.

Tre piccoli insetti che, pur non sapendo per cosa, si preparano.

Destinazioni

Appoggiata a una pila di scatoloni, mia madre chiude l'ultima busta listata dei ringraziamenti e poi mi manda a spedirli. Non sono molti. Non le importa ringraziare, vuole solo concludere tutta la questione e dedicarsi alla vendita della nostra casa.

Cammino con le buste in mano, leggo gli indirizzi e annuso la colla dei francobolli. Poi una dopo l'altra, le buste cadono nella cassetta rossa delle poste. Cadono senza far rumore i ringraziamenti per le condoglianze. Cade trenta volte quella frase scritta storta, frettolosamente, dalla calligrafia rotonda di mia madre.

M'immaginavo un rumore di vetro che esplode, uno *sba-da-bam* raccapricciante. Invece niente. Nessun rumore. Nemmeno *paf*. Cadono nel sacco come cadono le cose leggerissime e io mi volto, lascio perdere, vado via.

Epifragma

Al ritorno trovo Andrea in garage. Deve aver saputo di essere l'erede universale di quel trono di pelle, plastica e lamiera cromata, e cosí lo trovo in piedi sul cofano della macchina di nostro padre, le mani che stringono un palo corto da ponteggi.

Mi nascondo dietro agli scaffali metallici e osservo il suo corpo gonfiarsi di rabbia e dolore, diventare cosí grande da sfiorare il soffitto. La sua faccia è come quella dei soldatini: contratta, verde plastica, con i bordi affilati e mai rifiniti dopo lo stampo.

Prende un respiro lungo e poi allarga le gambe, socchiude gli occhi, solleva le braccia. Un attimo di fissità e poi esplode. Lo schianto mi fa sussultare e premere i palmi delle mani sulle orecchie. Sferra una serie violenta di colpi al centro del parabrezza che si deforma come una tela di ragno e poi cede in una miriade di pezzettini di vetro sui sedili anteriori. Andrea si ferma e si affaccia a guardare come si guarda dentro a un pozzo, dopo aver lanciato una monetina per un desiderio.

Balza giú dal cofano e si mette a strappare i tergicristalli, ne fa un mazzo e li scaraventa contro il muro. Si guarda il palmo di una mano, se lo strofina sui pantaloni e si accende una sigaretta. Inspira forte, nel fumo stringe le ciglia e guarda l'automobile. Impugna nuovamente il palo e con la sigaretta tra le labbra si avventa contro tutti i finestrini temprati, il lunotto posteriore, riempie di bugne e lesioni il resto della carrozzeria e solo quando il pavimento è coperto da un tappeto di scaglie di vernice, vetri infranti e guarnizioni penzolanti, Andrea si ferma e getta la spranga lontano da sé. Piano piano si sgonfia, è di nuovo alto un metro e ottanta, un ragazzo. Schiaccia la sigaretta nel posacenere colmo dei mozziconi di nostro padre e poi scaraventa in un angolo anche quello.

Lui odia, a differenza mia. Odia aver perso suo padre cosí, prima delle confidenze tra maschi, prima dei resoconti e delle birre tra uomini. Gli avrebbe parlato delle sue ragazze, forse un giorno gli avrebbe detto anche: mi sposo – aspettiamo un bambino – mi hanno promosso a quadro – ho estinto il mutuo della casa – buon ottantesimo compleanno. Tutte queste parole, questi discorsi, la schiuma della birra sulle labbra tese dalle risate: perduti.

Respira profondamente e scivola per terra, il sedere sui vetri e le gambe divaricate. Nel tentativo di calmarsi si copre il volto con le mani, solleva le ginocchia, le porta verso la testa e in quel nodo di gomiti e rotule si rompe nel pianto.

Piange nonostante lui sia lui, il tatuaggio sul braccio e tutto il resto. Piange come il bambino che è stato, disperatamente, con singhiozzi violenti e gemiti strozzati. Il muco gli impiastriccia il viso e lui lo porta via con la manica della felpa, sollevando la testa e accorgendosi finalmente di me.

Mi dice: è pieno di vetri, ti fai male.

E io non dico niente, gli passo un fazzoletto perché si asciughi il sangue della mano e lo aiuto a rialzarsi.

L'epifragma è una formazione mucoso-calcarea che chiude la conchiglia durante il periodo di vita latente dell'animale. Viene rotto quando la stagione ritorna favorevole, a volte semplicemente riassorbito, come un livido, e io credo si sia trattato proprio di questo.

Uno strato che andava rotto per riuscire a guardare fuori.

Riferimenti

Se ci perdiamo, dice nostra madre ai piedi di un grande albero addobbato, ci ritroviamo qui, d'accordo?
Lo diceva quando eravamo bambini. Ci dava appuntamento nel posto piú riconoscibile dei luoghi dov'era possibile perdersi per via della folla. Eravamo piccoli, difficili da individuare tra le teste, e in un attimo potevamo ritrovarci in un punto sconosciuto.
Diceva cosí e poi facevamo una catena di mani e lei stringeva le nostre senza apprensione, perché ci aveva indicato il posto dove ritrovarci. Una fontana rumorosa, un negozio di giocattoli, un punto di riferimento che doveva essere fisso, visibile e facile da memorizzare nella testa di un bambino.
Questa volta è un grande albero di Natale in un centro commerciale e noi siamo alti, facciamo sí con la testa e memorizziamo. Siamo d'accordo.
Iniziamo a girare tra i negozi in cerca di regali. Cammino accanto ad Andrea, non mi allontano mai troppo da lui. Il colore rosso è dominante, poi il bianco, il verde scuro e l'oro. Ci sono delle ragazze che offrono vin brûlé e noi lo beviamo. Poco dopo mi gira la testa. La sensazione mi piace, mi rende meno intimorita dalla felicità degli altri. Anch'io posso recitare con naturalezza quella parte, dire: guardateci, ci piace stare insieme, facciamo i regali col cuore spezzato.
Un cannone spara neve finta su un laghetto di plastica. Dei cigni meccanici pattinano sulla superficie e nessun

bambino guarda. I bambini sanno che i cigni sono finti. Anche i cigni lo sanno, hanno gli occhi tristi e io scavalco la recinzione, cammino sul laghetto, prendo un cigno in braccio e il motorino che lo movimenta ronza a vuoto, il collo rigido resta piegato verso il basso. Un ragazzo mi grida di uscire dallo stand e io esco. Rientro nella scia di Andrea. Li hai visti quei cigni?, chiedo. Lui non risponde. Il vino gli fa l'effetto opposto, lo rende triste e irascibile. Rubo alcune cartoline bruttissime e una pecora per il presepe che non facciamo piú da anni. Andrea mi dice di smettere di rubare cazzatine. Cammina con le mani conficcate nelle tasche, il collo irrigidito nella sciarpa girata tante volte fino al naso. Si tira il cappuccio della felpa sulla testa e io capisco che sarebbe meglio lasciar perdere i regali e andarcene. Però lo capisco troppo tardi.

Di colpo Andrea si ferma davanti a Babbo Natale. Un uomo vero travestito da Babbo Natale. Si guardano negli occhi e Babbo Natale scuote un manico di legno con fissato in cima un campanellino dicendo: oh-oh-oh, Merry Christmas!

Andrea gli dice: cos'hai detto?, e lo dice con il mento proteso in avanti. Tiro la giacca di Andrea verso di me perché non voglio guai, ma lui mi scrolla via, si piazza davanti a Babbo Natale e gli dice: ripeti quello che hai detto.

Il campanellino smette di suonare. Andrea sferra un pugno nel pancione finto di Babbo Natale e dopo con una mano gli agguanta la faccia, la spinge verso il muro, gli stacca un pezzo di barba bianca e dice: trovati un lavoro, coglione.

Scappiamo mentre Babbo Natale ci insegue. Corriamo veloci tra la gente e cerchiamo nostra madre, la troviamo seduta sotto l'albero, arrabbiata per averci perso nella folla. La portiamo via e la preghiamo di correre. Lei dice: cos'avete combinato? E noi la incitiamo: corri, corri! Usciamo dal centro commerciale correndo come ladri o come pazzi. Il freddo ci pulsa nella gola e la gola sa di sangue. Quando siamo abbastanza lontani dal Natale, ci lasciamo cadere sulla panchina di una fermata d'autobus. Nostra madre ha il fiatone, le guance tutte rosse e le lacrime agli occhi per via dell'aria gelida. Protesta di non essere riuscita a comprare nemmeno un regalo. Ci chiede un'altra volta cos'abbiamo combinato, da cosa stavamo scappando. Guardo le cartoline e la pecora che mi sono messe in tasca.

Da Babbo Natale, risponde Andrea.

Le abbandono su un muretto.

Dicerie

Ci dicevano: la speranza è l'ultima a morire. Ora ci dicono: vedrai che il tempo aggiusterà le cose, se hai bisogno di qualcosa, qualunque cosa.
Prima noi non dicevamo niente, adesso diciamo: il tempo è un concetto molto complesso.
Le cose rotte le abbiamo già buttate.
La speranza è l'ultima a morire, e poi muore.

Duemila

Capodanno del nuovo millennio, e noi tre lí per non stare soli. Nostra madre riesce anche a fare conversazione. È sorprendente come la sua nuova bocca le consenta di dire cose tanto opportune e credibili e vuote. Ci sentiamo piccoli e muti al suo fianco, con le nostre vecchie bocche e le mani nascoste sotto la tovaglia a trattenere le ginocchia, controllare che siano ancora salde per farci alzare e scappare se occorre. Attorno al centrotavola dei nostri vicini composto da zucche dorate, fiocchi rossi e altri oggetti riciclati dal Natale. Qualcuno dice: mancano sette minuti; e qualcun altro: le bottiglie, presto fate presto! Ci vengono consegnati dei calici e i sette minuti passano rapidi, tre due uno e la schiuma salta sulla tovaglia.

Botti, odore di zolfo nell'aria e aspettative giganti. Uomini e donne che hanno conosciuto mio padre ci circondano, posano il calice e riprendono a succhiare il cervello agli scampi. Mio fratello rompe due noci tra i pugni e mia madre sguscia un'altra lumaca con lo stuzzicadenti. Una ragazzina mi si avvicina e vuole spaccarmi la testa, chiede: ma dov'è tuo papà? Io sbatto le ciglia, ignoro la domanda e anche la sua esistenza. Con sopraffazione, gusto, violenza, tutto ciò che sta dentro sembra debba essere portato fuori.

Esco sul balcone dell'appartamento accanto al nostro, dove soffia un vento profumato di neve e io non avverto piú niente, nemmeno che mancano quattro gradi. Penso di essere ubriaca. Poso il calice tra i ciclamini rossi e guardo i fuochi d'artificio aprirsi come meduse di luce nel buio.

Peso sulla bilancia il pieno e il vuoto. Faccio un elenco delle cose che mi circondano e le metto su un piatto oppure sull'altro. Il buio va sicuramente nel vuoto. Le scintille che lo illuminano per pochi istanti nel pieno. In buona parte la gente è vuota, è dimostrato dallo champagne. Gli auguri sono vuoti, nessun augurio ha il potere di cambiare il destino, quindi il piatto del vuoto è sempre piú pesante. E il destino dove sta, penso, nel vuoto o nel pieno? Dipende. Potrebbe anche ribaltare tutto. Rientro nell'appartamento e mi guardo intorno. Dove sei?, chiedo ai tappi delle bottiglie, ai gusci delle lumache, ai gherigli di noce frantumati e sparsi sulla tovaglia. Vuoti che memorizzo con meticoloso esercizio, per sentirmi tanto piena da scoppiare.

Cerco mia madre e la trovo a conversare con la nostra vicina. È seduta sulla punta di una poltroncina in pelle nera, le caviglie attorcigliate di lato, le parole sulla bocca accarezzate dai resti del rossetto. Dico a mia madre: posso andare a casa? E mia madre risponde: prima saluta e ringrazia.

Saluto e ringrazio, poi vado via. Attraverso il pianerottolo ed entro in casa nostra. Tocco le pareti. Sfioro quella pelle di calce lungo tutto il corridoio. Una distesa rigida, sorda, insensibile. La mia testa è un frutto pronto a cadere. Mi sdraio sul letto ancora vestita da vigilia e la stanza inizia a roteare. Una giostra che gira, i bambini leccano il gelato e i genitori scattano fotografie.

Arriva la ragazzina.

Mi chiede di mio padre.

S'infila nelle mie narici come una falena e io la scaccio.

Quarantaquattro

Vecchi mocassini accartocciati dalla pioggia, sformati dalla pianta larga e piatta di mio padre. Le suole sotto i talloni sono consumate in diagonale da quell'andatura che mia madre detestava. Li prendo e li accosto davanti a me. Li racchiudo tra le mani come un volto. Rivedo i suoi piedi dentro le scarpe. Mi abbassavo sotto il tavolo per raccogliere un tovagliolo caduto e i suoi piedi erano lí. Quand'era seduto teneva i piedi con le punte rivolte all'interno, si chiudeva, proteggeva i suoi segreti lí dove i nostri piedi s'incontravano. Infilo le mani nelle scarpe, la mano destra nel mocassino destro, quella sinistra nel sinistro. Le faccio camminare. Poi intravedo una stringa delle sue scarpe da ginnastica e mi fermo, abbandono i mocassini. Sono nascoste sotto l'orlo di un impermeabile molto lungo, spunta solo quella stringa. Prendo la stringa e trascino fuori la scarpa sinistra. A sinistra ho il cuore, la scarpa di mio padre e la testa che si volta veloce per non piangere. Trattengo il respiro, stringo forte i denti fino a farli stridere e rimango cosí, la testa di lato e la stringa della sua scarpa sinistra tra le dita.

È questo, sopravvivere. Tenersi stretti al laccio di una scarpa. Milioni di piedi che camminano ancora mentre queste scarpe rimangono vuote. Sfilare il laccio, girarlo due o tre volte attorno al polso, fare un nodo aiutandosi coi denti.
Un braccialetto.

Recidere

Mia madre s'infila in un loden pungente ed esce di casa camminando spedita. Il sole è appena nato, basso, orizzontale, e lei indossa il lutto con eleganza, gli occhiali scuri e le scarpe basse. Cammina e si allontana da ciò che è stata. In un certo senso si allontana anche da noi. Doveva pur farlo. Recidere. Interrompere il nutrimento. Decretare di averci ormai svezzati e scrollarci via.

Entra in un'agenzia immobiliare. Si siede sul vellutino verde accavallando le gambe. Apre la bocca. Dice che vuole vendere la sua casa per comprarne un'altra. Possibilmente una cosa veloce. Indolore. Non le importa guadagnarci qualcosa, vuole soltanto migrare altrove. Mima le ali di una rondine e socchiude gli occhi. Dice di avere già fatto gli scatoloni. Anche i suoi figli. Impacchettati e pronti come il resto. Usa lo sguardo tutto Jane Birkin. Arricciola le labbra in attesa. È cosí che fa lei. Un po' fragile e un po' forte. L'agente immobiliare le dà appuntamento quello stesso pomeriggio per una valutazione di mercato. Lei gli stringe la mano. Si fida di lui. È pronta a compiere quel passo. Quel balzo. Nel vuoto che certamente si rivelerà un posto piú caldo.

Rientra in casa e si rimbocca le maniche. Riordina tutto perché quel guscio di pietra diventi un posto fantastico. Gli oggetti imballati hanno lasciato molto spazio. Lo spazio costa, lo spazio è bello. Mia madre cambia aria, apre tutte le finestre. Sbatte i tappeti assieme a Rosetta. Le dice di portarsi via tutti i libri che desidera, li regala volentieri. Rosetta sgrana gli occhi: ma come, signora, anche i libri?

La signora non c'è, dice mia madre.

Rosetta solleva le spalle, adocchia la grande libreria e rimanda la scelta dei libri a un altro momento.

Quando torno a casa da scuola e trovo mia madre seduta in mezzo al salotto semispoglio capisco che tutte queste cose sono successe, le vedo accadere come se fossi stata con lei. Aspetta la visita dell'agente immobiliare come deve aver aspettato il primo appuntamento con un ragazzo. Ha le scarpe eleganti e i capelli sciolti. Sfoglia una rivista di giardinaggio e mi mostra alcune piante di limoni.

Non ti è mai interessato il giardinaggio, dico.

Voglio una casa con il giardino, dice, anche piccolo va bene.

Curerà le piante in un piccolo giardino. Volerà di fiore in fiore inebriata dal polline che mai le è stato concesso. L'ape operaia costretta tra le celle dell'alveare a maneggiare la cera, nutrire le larve, sorvegliare che ogni cosa vada in porto, sfreccerà finalmente nel sole, libera di pungere chi vuole.

Penso che mia madre non sia innocente, ma il bagliore che emana è abbacinante. Per me è sconosciuta nella stessa misura in cui lo sono alcune parti di me stessa. L'interno dei miei occhi e il suono della mia voce al di fuori.

Guardo il piatto ruotare ipnotico nel microonde, mi sto riscaldando l'arrosto. Il citofono suona e mia madre si alza. Il forno emette un *din* e io mangio in piedi sulla porta della cucina. È un uomo troppo giovane per piacerle. Ha una camicia con troppe righe e una cravatta con troppi ghirigori. Le fibbie dorate delle scarpe slacciate. Pessimi abbinamenti per un primo appuntamento. Si mettono a girare come in un carillon e si ricongiungono al centro dell'ingresso.

Lui saluta e io sorrido con l'arrosto. Mia figlia Bianca, dice mia madre e lancia un'occhiata per intimarmi di masticare con la bocca chiusa. Volto le spalle e ingoio. È arrosto di tacchino. Ci vorrebbe del sughetto. Cosí sa di poco.

Arca

Nel tardo pomeriggio passano il video della canzone *Black Hole Sun* in televisione. C'è una bambina che lecca un gelato mentre una Barbie gira sullo spiedo. La bambola si scioglie, si contorce su se stessa diventando una massa nera e informe, e la bambina rigurgita la crema del gelato sul vestito. Andrea dice che se mi piacciono può cedermi la sua cassetta dei Soundgarden e poi dice: ma che fai? E mi scrolla. Semplicemente, piango.

Ciò che rimane degli ultimi giorni trascorsi tra quelle mura è una cosa del genere. Volti distorti, bambole che bruciano, un rigurgito, un rifiuto, nemmeno un addio.

I possibili acquirenti entrano nella nostra casa aperta al pubblico come un museo. Affiggo sulla porta le tariffe d'ingresso e quando mia madre se ne accorge, strappa il foglio in mille pezzi.

Situato tra gli ombrosi tigli della circonvallazione, il Museo della Famiglia offre al visitatore un ricco percorso espositivo che illustra il periodo di una famiglia italiana compresa tra la fine degli anni Settanta e la fine degli anni Novanta, snodandosi attraverso dieci sale tematiche, comprensive di secondo bagno e stireria con oggetti appartenuti alla domestica; l'ultimo allestimento risale al 1998 quando fu ripensato l'aspetto della cucina e arricchita la sezione di design con un grande frigorifero famigliare Smeg.

I primi visitatori sono una coppia di giovani sposi.

L'agente immobiliare li accompagna ed esorta a visitare la casa. Li seguo con le mani raccolte dietro la schiena, tenendoli d'occhio come un guardiano allo zoo, e allora mi ricordo di quella canzoncina.

Ci son due coccodrilli ed un orangotango. Quei tre assieme a mia madre, l'aquila reale che volteggia maestosa per i dieci vani di sua proprietà, compiendo numeri rapaci impressionanti.

I coccodrilli si consultano tra loro ad alta voce, valutano se la casa potrà essere disfatta e rifatta secondo le loro esigenze di futuri genitori. La femmina si accarezza il pancione, silenziosa. Immagino le pareti della mia stanza fatte a pezzi da muratori che fumano Diana rosse ridisegnando il perimetro della futura cameretta. Immagino anche le ginocchia gattonare sul mio pavimento. Per poco non svengo.

Nei giorni seguenti transita per casa anche il resto dell'Arca. Arrivano i due piccoli serpenti con mille pretese sul posto auto, il gatto sensibile alla questione soleggiamento, il topo per cui la casa si rivelerà eccessivamente grande, e infine l'elefante, bisognoso di uno spazio esterno piú ampio dei due balconi sul corso. Tutto assai ragionevole. M'intrometto nel marketing spietato di mia madre accentuando le mancanze della casa. Non è adatta a nessuno di loro ed è cosí evidente che si stanno facendo abbindolare da un'aquila furbastra.

Quando *non manca piú nessuno*, i due liocorni si incontrano in cucina.

Andrea sta assemblando uno spuntino prima di andare a suonare con il gruppo. Mi siedo al tavolo e gli comunico la mia inquietudine per quegli estranei spettatori della nostra vita domestica. Sembrano, spiego, le larve parassite in Amazzonia.

Lui fa fuori il panino strappandolo con pochi morsi esperti di merende.

Si posano sul collo dei formiconi che vivono nella foresta e quando è il momento di diventare bozzolo secernono un enzima che decapita la formica, lo sapevi?

Mi guarda interessato masticando l'ultimo boccone ed emette un verso traducibile con: e poi?

Poi s'impiantano nella testa della formica e la usano come guscio.

Fa uno dei suoi sorrisi sarcastici ed esce dalla cucina. Lo seguo nella sua camera. Mi lascio cadere sul suo letto pensando che sia il posto piú sicuro al mondo. Prendo in mano il libro di storia del rock che trovo accanto a me, lo apro e annuso la rilegatura.

Secondo te riuscirà a venderla?

Lui fa scattare i ganci metallici della custodia rigida del basso.

Sinceramente, risponde, non me ne frega un cazzo.

Chiude la zip della giacca fino al mento, prende il casco e aggiunge: ma tu dovresti dire la prima parolaccia della tua vita, un giorno o l'altro, pensi che ce la farai?

Gli lancio un cuscino addosso.

È una cosa importante e non c'entra con la buona educazione, sta su un altro piano, hai presente il collo delle giraffe?

Sospiro e trattengo un sorriso. Lui posa la mano sulla maniglia, mi guarda con affetto.

Cosa c'entrano le giraffe con le parolacce?

Lui sghignazza, dice: c'entrano eccome. Poi accende lo stereo, dice: ascoltati questa. E mentre inizia *Do the Evolution*, si carica il basso in spalla e fa ciao con la mano.

Un mese piú tardi vengono rivelati i nomi dei vincitori.

I due coccodrilli vincono la mia casa, tutto quel ben di dio dove far gattonare il pupo. È una specie di baratto. Ci rifilano il loro appartamento con parquet, box auto e ogni confort. Un finto giardinetto con le piante di design e altre parole in francese e in inglese per descrivere cose normali. La strada privata. I lampioncini privati. Il parco condominiale con il divieto d'accesso al resto del mondo. Motivazione: è perfetto ma troppo distaccato dal centro, a noi piace stare nella mischia. Inutile precisare che mia madre non stava aspettando altro.

Siamo convocati in uno studio notarile e la compravendita ha inizio. Tutti seduti composti. Il notaio legge dei documenti in modo automatico. Noi dobbiamo solo firmare. Nemmeno annuire. Nemmeno capire. Basta firmare. I due coccodrilli firmano per primi. La donna perdendo il controllo dei segni verticali, l'uomo con lettere che s'impastano verso la fine del nome per poi chiudere tutto in un uovo. Infine la madre, con la sua firma grassotella e un po' storta, la sua firma mai uguale, anche lei in calce a ogni foglio.

Noi non firmiamo niente. Siamo lí in qualità di liocorni. Animali inesistenti. Se ci spezzano il corno siamo morti. Spero nello spuntare di qualche clausola. Noi ci teniamo i nostri soffitti decorati e loro i bow-window che danno sulle aiuole. Ma si stringono le mani. L'agente immobiliare azzarda una mano sulla spalla di mia madre. Fibbie dorate sempre slacciate. Si offre di darci uno strappo a casa. Quale casa, dico.

Seguono il marciapiede e la chiave del portone tra le dita, le cassette della posta sulla destra, a sinistra la felce assetata, il pulsante dell'ascensore che diventa prima rosso poi verde, le porticine strette che rimbalzano, lo scorrere lentissimo dei piani. Quante volte ancora potrò ripetere questi gesti e notare questi dettagli? Come la luce al neon dell'ascensore deformi i nostri volti?

Pallidi e bagnati da ombre pesanti, sembriamo grandi insetti che circondano la plafoniera. Sfioro la punta delle antenne di mia madre con la punta delle mie. Attorciglio la mia destra alla sua sinistra.

Le dico: ci mancherà questa luce.

Lei corruga la fronte allo specchio.

A me no, dice, mi ha sempre fatto due occhiaie.

Scuoto la testa e sciolgo le antenne. Mia madre esce dall'ascensore e io fiato sullo specchio, sollevo l'indice destro e scrivo nella condensa il mio nome.

Annunciazione

Come se non bastasse, viene un prete a benedire. Cosa vuole benedire?, chiedo. La famiglia, c'era l'avviso. Spiacente, avviso non visto. Trattiene la porta con il mocassino sostenendo che era appeso al portone. Ci guardiamo sospettosi. Poi lo faccio entrare. Preventivamente dico: se sente raspare la porta è il drago chiuso in lavanderia. È un prete ma non si sa mai. Lui mi trova simpatica. Sorride.

Però non vuole sedersi. Lo obbligo a seguirmi in cucina. Faccio il caffè. Lui vuole solo benedire perché deve ancora fare il giro di tutto il quartiere. Dove sono i chierichetti?, chiedo. Non ci sono. Di solito c'erano. Ora non ci sono piú. È di fretta? Un po'. Benedire di fretta vale lo stesso? Sorride. Finalmente si siede. Appoggia l'aspersorio sul tavolo. Lo prendo in mano e l'annuso. L'acqua benedetta puzza. Se lo riprende. Che classe fai? La quinta ginnasio. Studi il greco. Quanto zucchero? Uno grazie. Prego. E i tuoi genitori dove sono? Mio padre e mia madre? Sí. Lei è nuovo? Mi hanno trasferito da poco in questa parrocchia. Sono morti. Morti? Morti del tutto. E come? Incidente stradale in vacanza. Oh. Li hanno trovati in una scarpata. Tzh, che cosa tremenda. È mai stato in Versilia? Mai. Ci sono le discoteche. Hai dei fratelli? No. E con chi vivi? Con mia zia. Dov'è tua zia? Al lavoro. Che lavoro fa? Le pulizie. Ora diciamo una preghiera per questa famiglia. Non serve. Leggiamo insieme questo salmo. Ho detto che non serve perché vendiamo la casa, ce ne andiamo. Vendete la casa? Non ha letto l'annuncio? Dove? Appeso al portone.

Si alza, esce dalla cucina e sbatacchia l'aspersorio nell'ingresso. Pronuncia la formula. Lascia l'opuscolo con la preghiera sopra il mobile. Nel frattempo entra Rosetta. Si salutano. Dico: vede, ecco mia zia. Molto piacere. Rosetta ci guarda in modo strano, fa un cenno di saluto con la testa e un mezzo sorriso di lato. Il sacerdote esce. Di fretta. La porta si chiude. Rosetta mi chiede se si è comportato bene con me perché i preti a volte sono un po' strani con le ragazzine. Rispondo che era di fretta. Il suo volto si rasserena. Legge l'opuscolo. Preghiamo insieme Dio nostro Padre perché ravvivi in questa famiglia la grazia della vocazione cristiana.

Scrolla le spalle, bacia la sua madonnina d'oro e la rituffa tra i seni. Indossa il camice celeste, estrae dalla dispensa l'asse da stiro e sospira: ora per questa famiglia mettiamoci anche a stirare.

Abissi

Arrivano allo scoccare delle ore otto di un lunedí mattina, puntuali. Tute blu, cappellini da baseball e logo giallo cucito al petto. Professionisti, non si consultano nemmeno. Entrano a colpo sicuro nella cucina e dicono: eccola. La voce si sparge tra i mobili. I tappeti aderiscono al pavimento, i cassetti si ritirano piú che possono nel loro buco. Non c'è piú speranza, ormai l'hanno presa.

Il cuore della casa è il primo a lasciarci. E cosí il tavolo che per anni ci ha riuniti attorno a sé viene caricato in spalla dai traslocatori e inizia la sua lenta discesa per le scale.

Il tavolo è seguito dal divano, dalla credenza e da tutte le sedie. L'armadio è imbragato e fatto scendere con le corde. Imbragano anche il pianoforte, indegnamente. Tutt'attorno gli hanno messo un pannolone. Lo calano giú e lo incastrano nel camion. Singhiozza facendo risuonare qualche corda. Lacrime d'addio. Portano via tutto.

Nostra madre segue il trasloco con freddezza arbitrale. Vuole sgomberare quella casa al piú presto, abbandonarla come ha abbandonato il suo corpo.

Questi sono pronti, signora?

Quelli sono miei.

Si voltano verso di me e trovano la figlia della signora, una ragazzina imbronciata che andrebbe capita. Oppure no. Andrebbe maltrattata come meritano i bambini che stanno tra i piedi.

Li portiamo giú?

Faccio sí con la testa e i traslocatori sollevano gli scatoloni della mia camera, dentro è contenuta la mia infanzia. La bambina che sono stata.

Poi il camion parte e fa due viaggi, deporta mobili e scatoloni verso un futuro a loro ignoto.

Tocco gli stipiti della porta, quella non possono portarla via.

Vieni con me?, chiede Andrea tirandosi fino al mento la cerniera del giubbotto.

Scansiamo traslocatori, mobili imballati e lasciamo tutto alle nostre spalle, fuori l'aria fresca ci punge il naso. Percorriamo i viali alberati fino al belvedere panoramico spalancato sulla città. Lassú la luce è vivida e mentre attendiamo la corsa in ascensore Andrea guarda Genova e dice che assomiglia a una spiaggia di ciottoli grossi e taglienti che rotola verso il mare.

Usciti dall'ascensore imbocchiamo un vicolo stretto e iniziamo a scendere con passo svelto, scivolando sul selciato, sotto nastri di cielo tra i cornicioni che si sfiorano, e legatorie, macellerie e negozi di verdure sott'olio, un odore di mare piú immaginario che altro, ogni tratto piú intenso. Vaghiamo per Sottoripa senza una meta. Ci compriamo due cartocci di gamberi e acciughe in friggitoria e passeggiamo tra le barche attraccate ai moli, rigirando nelle nostre bocche quel sapore disinfettante di limone e sale. Giunti alla piazza ci fermiamo, oltre non possiamo andare. Quello è il limite estremo della città, l'inizio del mare. Sotto di noi cigolano le vecchie chiatte che sostengono quell'isola in continuo movimento sul pelo dell'acqua.

Guardiamo il mare appoggiati alla balaustra e lasciamo che i nostri occhi seguano la catena di un'ancora fino a scorgere abissi. A un certo punto Andrea, masticando l'ultimo gambero, dice: vedrai che non sarà cosí male.

Lo dice forzatamente. Lo dice quando avvista una mia lacrima tremolante per il freddo scendermi lungo la guancia.

Gli regalo la mia ultima acciuga.

Ha il giardino.
Non ha il cavedio.
Chi se ne frega del cavedio.
E dove metterai le tue piantine da drogato?
Scrolla le spalle. Sono morte.
Le scrollo anch'io. Meglio morire da piccoli.
 Restiamo zitti per un po', cullati dal cigolio della piattaforma. Poi lui dice: ora andiamo ché è tardi, e io lo seguo un'altra volta per i vicoli della nostra città che sale ripidissima e diventa piú semplice e domestica ad ogni metro che conquista.
 Quel *crescere è abbandonare* di nostra madre risuona nelle nostre teste come i passi sulla mattonata.

Lasciarti

La cucina vuota è il vuoto che piú mi è difficile lasciare. Le impronte dei pensili disegnano rettangoli sulle pareti e le prese della corrente sono spuntate dappertutto come funghi. Le piastrelle incollate al muro hanno perso significato e cosí la figurina doppia di Piccola bianca Sibert, il gancio a forma di casetta per gli strofinacci, il chiodo per il calendario. Quando accendo la luce centrale un'unica ombra si allunga fino alla finestra, la mia. Vorrei agganciarmi agli appigli che sono rimasti, diventare uno strofinaccio, un calendario.

Mi accuccio munita di cacciavite e martello e con una serie di piccoli colpi faccio saltare la piastrella che mia madre ha scheggiato con la punta delle forbici il giorno della muta. So già che qualcuno la coprirà con la gamba di un tavolo in attesa di sostituirla.

Poi esco dalla cucina e quando spengo la luce, anche il vuoto si spegne.

Masticare

Ci presentano mettendoci l'una dentro l'altra, come due ingredienti, mescolandoci. Nuova casa, questa è Bianca – Bianca, questa è la tua nuova casa.

Mi siedo su uno scatolone, faccio scivolare le calze sul parquet tiepido e provo a fare conoscenza con il soggiorno. Una stanza molto luminosa, divisa dalla zona d'ingresso da una pedana rivestita di moquette. Dico: la prima cosa che devi sapere di me è che non sopporto le superfici bianche. Il soggiorno non risponde ma sembra in ascolto.

Nella vecchia casa, sulla parete del mio letto, avevo scritto cose come *la Terra è il pianeta su cui vive l'umanità*, e altre stupidaggini che mio padre ha poi cancellato quando ha fatto ritinteggiare i muri.

Una porta ruota sui cardini di qualche grado, intimorita. Il vento fischia contro i doppi vetri. Mi rinfilo la pantofola destra.

Mio padre non lo vedrai mai entrare o uscire da quella porta.

Vado nella camera che mi è toccata in sorte e giocherello un po' con i comandi delle tapparelle. Mi stendo sul materasso ancora fasciato nella plastica e tocco la parete di fianco scoprendo la consistenza polverosa dell'intonaco. Riesco a inciderlo con l'unghia.

Scavo nella parete le iniziali di mio padre.

Si chiamava cosí, dico alla mia camera, almeno lo sai.

Mi dirigo in cucina con la piccola piastrella scheggiata. Disegno una spirale di silicone sulla parete e in-

collo la piastrella premendo forte con due mani. Resto a guardarla.
Questa è la nostra piastrella, dico alla nuova cucina.

Per ambientarsi nella stanza che è toccata in sorte a lui, Andrea decide di fare ascoltare ai vicini il suo vasto repertorio death metal. Gruppi dai nomi rassicuranti come Cannibal Corpse, Sadist, Obituary, Carcass, Antropofagus si riversano nei tramezzi che costituiscono le pareti dell'intero condominio.
Mia madre entra nella sua stanza con le mani premute sulle orecchie e lui le porge il libretto dei testi.
È come all'opera, spiega, non si capisce un cazzo.
Lei strilla di abbassare, poi stacca la corrente e lui esce di casa per evitare di prendere a calci la sua nuova scarpiera. Mia madre dice: non so piú come fare con lui, mi fa impazzire, mi fa letteralmente uscire di testa.
Rimango con i capelli bagnati in attesa di poter riaccendere il fon.

Ceniamo da sole. Un risotto pronto e affettati misti nelle vaschette di plastica salva-freschezza. Mastichiamo un dialogo, inizia lei.
Ti sembra un bel modo di farsi conoscere?
La guardo senza capire.
Come minimo i nuovi vicini penseranno che facciamo sacrifici umani.
A lui non importa né dei vicini né dei sacrifici.
A me sí, se permetti. Sono vostra madre.
Allora potevi non cambiare casa, se sei nostra madre.
Rimane zitta. Ingoia l'ultimo boccone d'insalata, si sbuccia una mela e poi dice: vuoi ancora del prosciutto?
Non rispondo, il prosciutto esce dal mio campo visivo, lei inizia a sparecchiare. Sospira senza voltarsi.
Non mi sembra di avervi fatto un torto cosí ignobile, dice, quindi piantiamola con queste scenette da diseredati.

Preme il piede sul pedale del nuovo cesto dell'immondizia, getta gli avanzi nella spazzatura e io le ordino di darmi il torsolo della mela.

Che te ne fai del torsolo?, chiede.

Dammelo e basta, spalanco la mano.

Lei inspira in modo melodrammatico e poi me lo consegna.

Scendo nel parco condominiale, mi accuccio nell'aiuola delle palme nane e scavo una piccola fossa. Sistemo i semi neri lucidi sul fondo e poi ricopro di terra il buco. Almeno questo stupido parco servirà a qualcosa, penso rientrando nel portone.

Il pesce gonfiabile è la prima cosa che spunta dallo scatolone numero tre. Lo scatolone numero tre contiene tutte le cose non necessarie nell'immediato ma assolutamente piú importanti del resto.

Apro il beccuccio e faccio fuoriuscire l'aria ancora contenuta all'interno contro le mie labbra. Respiro quel respiro, il fiato di mio padre che ha gonfiato la mia infanzia di bugie.

Poi rimango distesa sul letto con quella sacca di plastica vuota tra le braccia, immobile.

Guardo la parete davanti a me e con l'unghia ripasso le iniziali di mio padre. Le ripasso tante volte che diventano un pasticcio e il dito mi fa male. Mi guardo l'unghia e poi lecco via l'intonaco dal dito. Protendo le labbra e lecco anche il muro.

Annidamento

Rosetta inizia a pulire la casa nuova. Arriva un mattino alla solita ora, puntuale. A me pare che tutto sia pulito e in ordine ma lei mi mostra il panno giallo diventare nero e dice: lo sporco c'è sempre e il peggiore è proprio quello che non si vede.
Sembra a suo agio, come nell'altra casa. Non sbaglia uno sportello, un cassetto, un interruttore. Conosce le case come le persone, si aspetta di tutto e sa prevedere di tutto. Sta pelando le patate e io le chiedo: ti piace di piú, questa casa? Scrolla le mani sullo scolapasta, getta le bucce delle patate nel lavandino e dice: mah, non saprei, è certamente piú accogliente.
Mette le patate in una pentola d'acqua bollente e si asciuga le mani nel grembiule.
Ci sono case da dove, appena entri, vorresti subito uscire. Invece, se entri e ti va di restare, allora sono accoglienti, e questa casa la sento cosí.
La guardo poco convinta e lei ci pensa ancora, dice: mah, poi, sai. E dice: a volte è soltanto una parola carina per definire qualcosa quando non ti viene in mente nient'altro.
Tipo *persona solare* o *famiglia unita*, dico.
Lei annuisce e poi dice: ora esci ché metto a bollire anche il cavolo.

Andrea dipinge le pareti della sua stanza di verde. Un giorno sento mia madre gridare e penso sia successo qualcosa di orribile, invece è solo il verde.

Verde bile, dice Andrea.
Con tutti i verdi che ci sono, dice mia madre.
Comunque la porta è rimasta bianco lino, dice lui indicandola, ed è quella.

Mia madre invita comitive di persone a vedere la casa. Prepara aperitivi con stuzzichini e li offre sul terrazzo, dopo la visita guidata nella nuova dimora. Rimpinza i suoi amici di olive, cuculli e vino bianco e a me chiede di presenziare per darle una mano.
Una volta compra delle ostriche speciali che vengono dalla Bretagna e io l'assisto durante l'apertura, quando per poco non si taglia un braccio. Quelle sono creature gelosamente incistate nella propria casa e mia madre prende come una sfida personale il riuscire a stanarle da lí. Cerca il punto debole lungo la cerniera smerigliata che congiunge le due valve dell'ostrica, inserisce la punta del coltello e fa leva per poi affondare la lama nel muscolo. Mi mostra lo strato di madreperla e quando tutti i molluschi sono scoperchiati li serve su un vassoio di ghiaccio tritato con alghe e spicchi di limone. Uno spuntino che apprezzano in molti, inghiottendo quel viscido bocconcino salato seguito da una tartina di pane di segale imburrato.
Tutti sembrano felici di trovare nostra madre cosí piena di energie dopo quello che ci è successo, e la nuova casa pare rispecchiare perfettamente l'inizio di qualcosa di buono, sia per lei che per noi.
Manca solo la zia, mi dice mentre aggancia le nuove tende ai bastoni del salotto, sta aspettando che tua cugina torni da un servizio fotografico a Ibiza.
Potrebbe cadere l'aereo, dico.
Ma lei non ci fa caso.
Scende dalla scaletta e ammira il suo lavoro. Il cotone stampato a mezzaro genovese ricade leggiadro fino al pavimento.
Ti piacciono?, chiede incrociando le braccia.
Accoglienti, rispondo accennando un sorriso.

Una sera sono sola nella casa nuova. Mia madre è al cinema con un'amica e Andrea ha le prove con il gruppo. Apparecchio per due e parlo con mio padre. Gli chiedo se vuole la mia coscia di pollo, la sua parte preferita.

Dettagli

Certe mattine iniziano male e non si può fare un granché. Apro gli occhi e lui mi manca. È piú una sensazione che un pensiero. Ogni mia cellula sa che lui, in quella casa nuova, non c'è e io devo sollevarmi dal letto, rassicurare i miei milioni e milioni di cellule che non lo trovano, spiegare loro che bisogna accettare quel corpo estraneo che è la sua assenza.

Provo a fumare una sigaretta tenendola vicino al palmo della mano come faceva lui. Guardo la mia mano e cerco di rivedere la sua. Non sono capace e quella sarà per sempre la mia mano, tossisco e mi lacrimano gli occhi.

Cammino tantissimo. Per andare a scuola faccio un giro molto lungo, e per farlo esco mezz'ora prima, quando Andrea è ancora sotto le coperte.

Penso alle sue giacche. Ne aveva moltissime e tutte uguali. Lui si fissava su differenze che nessuno vedeva e diceva che erano diverse. Possibile che non vedi anche tu, esclamava accostando due maniche sotto il naso di mia madre. Lo spigato di una era piú marcato di quello dell'altra, guardando molto da vicino. Sapeva abbinare ciascuna giacca blu con il suo pantalone blu, perché anche quei blu tutti uguali erano diversi per lui che si arrabbiava moltissimo quando li trovava appaiati in modo casuale.

Cammino e ricostruisco le sue giornate in quelle giacche diverse ma uguali, i suoi percorsi, immagino la città dall'alto e lo vedo camminare come un puntino che si sposta in un tracciato. Capisco che non mi è bastato condividere con lui solamente quindici anni. Sento che c'è qualcosa che abbiamo frainteso e che forse il tempo avrebbe spiegato.

Aveva sempre dovuto combattere con quell'ingombrante idea che aveva di sé, la frustrazione di non essere mai troppo alto, mai troppo bello, mai troppo ricco. Aveva dovuto compensare, immergersi lentamente, pochi metri per volta. Stabilizzare la pressione su gioie momentanee per poi riprendere a discendere, giú fino al fondo, a costo di non riuscire piú a parlare con lei, mia madre, la libellula rimasta a pattinare in superficie. Aveva dovuto cercare espedienti per provare a risalire. Cambiare l'automobile, tingersi i capelli, trovarsi un'amante che lo guardasse rivestirsi dopo aver fatto l'amore. I gesti di mio padre erano lenti, riempivano le stanze. Per non vederli bisognava non guardarli di proposito, oppure inserirli in una veduta piú ampia dove perdere i dettagli.

Eppure anche loro, mio padre e mia madre, si erano amati. Ne ero sicura, in qualche modo era successo. Si erano posizionati ciascuno sul lato opposto di una montagna e avevano iniziato a scavare la stessa galleria. Non si erano incontrati, ma c'erano andati molto vicino, si erano intensamente sfiorati. Sfiorarsi era un atto gentile, lasciava le mani libere, ciascuno doveva provvedere da sé al proprio equilibrio. Una consolazione negli anni. Sentirsi vicini ma liberi, anche a costo di essere soli.

Una sera erano tornati da una cena con vecchi amici, una cena per ricordare un amico morto tragicamente in vacanza. Un ritrovo per contarsi i segni del tempo sulle mani e negli occhi, leccarsi le dita ricoperte di formaggi francesi senza imbarazzo e pensare che i veri amici non si scandalizzano mai.

Era tardi. Erano tornati. Erano vestiti eleganti. Mi ero alzata e nascosta nel buio del corridoio li avevo guardati. Mio padre e mia madre in salotto, i volti stanchi, tristi.

Lui faceva scendere la zip del tubino di lei, fino a metà schiena. L'abbracciava con una mano che le carezzava la pelle, i ganci del reggiseno nero arrestavano lo scivolare delle dita. Lei affondava il suo viso nel collo di lui e insieme rimanevano cosí, per molto tempo, abbracciati. Sfiorandosi perfino in quel momento, con le carni accostate eppure cosí impenetrabili, cosí unite eppure divise per sempre. Poi piangevano. Insieme.

Lui avrebbe dovuto non tradirla mai. E lei avrebbe dovuto piegare un po' la sua natura per invecchiare prematuramente con lui.

Certe mattine iniziano cosí, con tutti questi pensieri in fila. Anche certi pomeriggi e certe notti. Mi limito a smistare i pensieri che fanno bene da quelli che fanno male. A volte mi tocca strapparli, la sostanza che li unisce è resistente.

Non è una cosa semplice.

Pugni

Sono certa di averla vista. Non una volta soltanto. L'ho vista almeno ogni giorno. Lei entrava quando uscivo io, o viceversa. Sembrava lo facesse apposta, calcolasse i miei tempi per rispettarmi. La guardavo come si guarda un film che fa paura, tra le dita semiaperte. La guardavo come si guarda qualcuno che si odia, con le sopracciglia basse, i pugni chiusi. Ogni volta ho pensato si trattasse di lei, ne ero piú che convinta, ma in quel momento non era importante saperlo con esattezza. Mio padre moriva, ogni giorno di piú, e chi fosse quella donna m'importava ogni giorno di meno.

Il profumo che lasciava nella stanza di mio padre mi faceva soffrire. Soffrivo perché avrei desiderato sentire quello di mia madre. E invece stavo lí, a imboccargli il tè con il cucchiaino e respirare quel profumo denso e dolciastro, quella fragranza di estati decomposte, ammassate come i resti di una vita in cantina.

Ci siamo incrociate, sfiorate, intraviste. Non le ho concesso nient'altro. Eppure mi ritrovavo davanti al distributore di bevande con quella triste monetina tra le dita e il suo profumo anche in quella sala. Non sapevo cosa selezionare. Appoggiavo la fronte contro la vetrina. Guardavo le merendine, le patatine, i succhi di frutta e piangevo. Per mio padre. Per quella donna. Per me. Per tutti coloro che si credevano salvi. Una bottiglietta d'acqua cadeva con un tonfo maldestro sul fondo. La raccoglievo attraverso il passavivande. Tornavo da mio padre e speravo di incontrarla lí con lui. Che lei fosse lí seduta al posto di mia madre. Ma lei rispettava la nostra intimità. Mi dava la precedenza. Nemmeno Andrea riusciva a incontrarla. La sedia accanto al letto di nostro padre era vuota. Lei era un'ombra che gli ha tenuto la mano fino all'ultimo. Un ritaglio di notte nella notte che l'ha ingoiato.

Una sera frugo in ciò che rimane dei giorni passati e non immagino quanto possa far male. Magari è la volta che trovo qualcosa, mi dico. E infatti la trovo.

Graffiare

Trovo quella lettera nell'odore di una valigia. Le parole scritte da una calligrafia femminile e curata si sollevano dalla carta come farfalline della pasta e il fremito delle loro ali viene a sbattere contro di me.

Mi gratto il viso, ossessivamente, lí dove le farfalle l'hanno colpito. Con dita che tremano piego la lettera e la ripongo nella tasca nascosta oltre il doppiofondo della valigia.

Guardo nello specchio, guardo i graffi rossi che ho sulla fronte e sulle guance. Getto la valigia in cima all'armadio e poi me stessa sul letto. Ciò che rimane dell'amore tra mio padre e quella donna adesso è uno spartito da pronunciare, cadenzare, ritmare con un dito. Lo seguo sul soffitto, le parole si allargano e scorrono immense sopra la mia testa.

Non posso sopportarla, io sola. È una musica da suonare con qualcuno, uno sciame di farfalle che scende su di me e mi vuole attraversare da parte a parte.

Preda

Nella lettera c'è scritto: amore mio ti scrivo da questa camera d'albergo mentre ti aspetto. Nella lettera c'è scritto: avere un bambino a quarant'anni è una benedizione. Nella lettera c'è scritto: sono sicura che avrà i tuoi piedi, piedi uguali ai tuoi. Nella lettera c'è la data: una settimana prima del ricovero di mio padre.
Li immagino sdraiati in quella camera d'albergo.
In lei sta nascendo una vita, in lui una morte altrettanto inattesa.
Le farfalle mi bucano come un lenzuolo, come quel lenzuolo su cui giacciono loro. Sono di stoffa, di pieghe sgualcite, sono un cotone lavato troppe volte e adesso mi disintegro, non sono piú in grado di guardare.
Su di me quei due corpi si amano. Su di me si uniscono, gemono, fecondano. Li separo e loro mi gettano di lato, mi tirano, mi strappano. Le farfalle divorano anche loro, il volto di mio padre e quello di lei, quasi sconosciuto.

Devo dirlo ad Andrea. Devo dirgli: Andrea, abbiamo un fratello o una sorella. Ma Andrea non è in casa e io non posso uscire a cercarlo. Le farfalle mi verrebbero dietro chiamando a raccolta altre farfalle e farebbero scempio di me.
In fondo è lei che lo deve scoprire. Come è successo a me, anche a lei deve succedere. Io sono troppo arrabbiata per essere gentile con lei, per risparmiarle qualcosa. Potrei dirle: mamma devo parlarti di una lettera. Potrei anche farla sedere e spiegarle tutto senza farle leggere la

lettera. Potrei dirle: la lettera la terrò io, se vorrai leggerla un giorno potrai, oppure la bruceremo insieme. Invece no, non è cosí che deve andare.
Lei è sopravvissuta, lo scoprirà da sé.

Srotolo il filo e inizio a tenderlo da una parte all'altra della stanza. Il filo è trasparente, piú forte dell'acciaio, setoso per confondere le prede. Cammino da parete a parete e passo attraverso i fili che ho teso, formo cerchi concentrici sempre piú stretti man mano che mi avvicino al centro della tela. Il centro è il tavolino, sul tavolino poso la lettera. Mi nascondo e aspetto mia madre.
Quand'ero bambina mi nascondevo dietro le tende e mio padre iniziava a cercarmi, fingendo di non sapere dove fossi.
Trattengo il respiro, sbircio la sagoma di mia madre accorgersi della lettera sul tavolino e sedersi per leggerla. Non muove un muscolo, solo la gola va su e giú. La osservo trattenersi la testa durante il pianto e annego la mia colpa in quell'apnea.
Quando mio padre scopriva il mio nascondiglio, mi liberavo in un grido e dall'emozione dovevo stringere le gambe per trattenere la pipí. Lui mi sollevava tra le braccia.
Mia madre solleva gli occhi, se li asciuga con il braccio. Strappa la lettera in mille pezzi, mille pezzettini di carta vengono risucchiati dallo sciacquone prima che le farfalle possano divorare anche lei.
Esco allo scoperto e la raggiungo, lei finge il sorriso.
Cos'hai, le chiedo vigliacca.
Niente, perché?
Quando mio padre smetteva di giocare con me, le tende continuavano a oscillare spostando i raggi del sole.

Taci

A colazione mi riempio la bocca di corn flakes per potermi sentire in diritto di non parlare. Non trovo il coraggio di dire niente e lei mi guarda, come se sapesse. Sospira e resta a guardarmi, lecca via lo yogurt dal cucchiaio. Io aggiungo in bocca un'altra badilata di corn flakes.
Dice che sembro un criceto.
Impasto i fiocchi dolciastri e deglutisco. I giorni passano e nemmeno mia madre parla. Mi guarda, mi studia, si chiede se sono stata io, però a me non chiede niente.
Non si dimentica mai le cose. Le tiene dentro. Alcune le trattiene anche quando non dovrebbe, e allora io mi aspetto che parli. Invece no. Sembra quasi che questa volta dimentichi. Finché una sera ci voltiamo verso la cucina e lei è sparita.

Quand'eravamo bambini lo faceva spesso, si assentava per ore. Ogni volta credevamo che fosse per sempre e ci nascondevamo a piangere nei letti, nostro padre era troppo arrabbiato per sopportarci in giro ancora alzati.
Se ne va di nuovo ma senza che la porta, questa volta silenziosamente socchiusa, sia preceduta da una lite. Sgattaiola fuori di casa e noi ci mettiamo a cercarla per tutta la città.
Andrea guida la vecchia Ford e non parla, è concentrato a dragare le strade, gli occhi attenti su ogni persona in movimento o seduta su una panchina.
Ti ricordi quando eravamo piccoli, dico, che poi ritornava sempre?

Lui strizza gli occhi perché non vuole sentirmi parlare, e allora io aggiungo: ritornerà.

Cerchiamo la sua figura sottile tra la gente alle fermate degli autobus, attraverso le vetrine dei negozi, per le strade vuote dopo l'ora di cena. A me sembra persino esagerata tutta questa premura, in fondo nostra madre è fatta cosí, ogni tanto deve lasciarsi tutto alle spalle.

Magari è già tornata a casa, dico guardando l'ora. Ormai è quasi mezzanotte, il cielo di un nero compatto, ma Andrea continua a guidare, vuole trovarla, da bambino era solo un bambino eppure quante volte avrebbe voluto correre nella notte a cercarla. Attraversiamo un'altra volta tutta la città e poi percorriamo il lungomare in ogni senso, ritorniamo nel nostro quartiere e a un certo punto Andrea accosta, si ferma e si stropiccia la faccia nelle mani, poi riemerge e mi guarda con gli occhi rossi.

Fatti venire in mente un altro posto, dice.

Non lo so, siamo stati dappertutto.

Allora ti riporto a casa e continuo da me.

Andiamo su, indico le alture dei Forti, proviamo ancora là.

Non gli sembra una buona idea ma la prende come l'ultima alternativa ragionevole, e inizia a curvare per i tornanti nei boschi, e sono le due e anch'io ora sono molto in pena per la mamma.

Magari è già tornata, dico ancora una volta, è tornata, non ci ha trovato e ora ci sta cercando.

Taci, dice lui.

La troviamo proprio lassú, poco oltre la stazione di capolinea della funicolare: il profilo stagliato contro il panorama notturno della città, la sua persona infreddolita dal vento, scossa come un giunco.

La chiamiamo balzando fuori dall'automobile e lei si volta.

Mamma che ci fai qui?, dico io. Che cazzo t'è venuto

in mente?, dice Andrea. A quel punto temo che lui le molli uno schiaffo come faceva papà, ma piú forte, e invece la prende per un gomito e le dice: dài ma', sali in macchina.

E temo anche che lei faccia resistenza per non volersi separare dalla visione che ci esplode davanti, una città di luce ingoiata dal buio del cielo tutt'uno con quello del mare, e invece mia madre accarezza il braccio di Andrea e dice: vi stavo aspettando.

Aspettando cosa, urla Andrea, ma cos'hai nel cervello?

E lei sorride e io mi sciolgo in quel sorriso finché lei non ritorna seria e indica qualcosa davanti a sé, ce la mostra come la cosa piú bella che abbia mai visto.

La nostra vecchia casa, dice.

Nel buio e tra mille piccole luci, nostra madre riesce a distinguere la nostra casa, dice che è là, vedete? Tra quelle due lucine rosse, le luci di quel cantiere.

Come fai a esserne sicura?

Perché l'ho vista moltissime volte, da qui.

Allora capiamo che era questo il posto dove veniva. Ogni volta che spariva, lei veniva qui, interponeva una grande distanza tra noi, per ritrovare la dimensione delle cose e di se stessa. Si separava da noi per ritornare da noi. Il suo sguardo era sempre stato lí, anche quando era lontana, e quando il padre le diceva di essere una cattiva madre lei era sicura di non esserlo, per questo non le importava.

Andrea allenta la presa sul gomito e dice: però papà non l'hai mai guardato, da qui. Gli occhi di nostra madre allora si riempiono di lacrime, poi di scontento e disappunto, infine si stringono, e ribatte: oh sí invece, lui è stato nella casa con voi finché ha voluto.

Guardo mia madre spettinata dal vento, guardo mia madre con lo sguardo commosso fisso nel buio, la guardo e per la prima volta mi sento attraversare da lei, in un modo cosí bello, impossibile da spiegare.

Voltiamo le spalle al panorama ed entriamo in macchina

per ritornare giú, nella pietra della città. Non masticheremo piú le coperte, penso. Lei non ci lascerà piú soli. Andrea dice a mia madre: non farlo mai piú; e mia madre dice: ok.

Entriamo nella casa nuova e un calore antico c'intreccia come quando lei rientrava in quella vecchia e veniva a baciarci nei nostri letti. Ci sembra che nostra madre possa diventare ogni casa in cui abiteremo e allora chiudiamo svelti la porta, tre giri di chiave, vogliamo che lei resti dentro con noi.

Clorofilla

Metto un mazzo di sigarette nel portafiori della tomba di mio padre.
È un cimitero monumentale. Le statue mi guardano con occhi ciechi, gli angeli siedono pensierosi con la testa tra le mani mentre i piccioni imbrattano le loro ali.
Parlo con lui. Gli chiedo se c'è un sentimento particolare che dovrei provare perché non so cosa provo.
I cipressi cigolano. Mi guardo nelle tasche e poi gli chiedo scusa, non ho da accendere.

Interferenze

Ci sono ragni che depositano uova con un involucro resistente al freddo. Le loro uova viaggiano nei venti gelidi fino alla fine dell'inverno, la vita che contengono rimane sospesa per moltissimo tempo.

Quando lui entra, il mio inverno finisce. Il gelo si scioglie appena apro la porta di casa alla persona che ha bussato. È il ragazzo dell'appartamento di sotto, che parcheggia la vespa accanto a quella di Andrea e suona la chitarra. Ho appoggiato l'orecchio al parquet della mia stanza e l'ho sentito cantare. Nella mia vita entra lui. Le piccole uova si depositano a terra, si scongelano, e i ragni nascono.

Quando sorride gli spunta una fossetta sulla guancia, a destra. Al centro ci sono gli occhi. A sinistra ha un orecchino sottile, un piccolo cerchio d'argento nascosto tra i riccioli.

Anche a voi manca l'acqua?, chiede.

Rimango imbambolata, cosí interviene mio fratello che deve sempre vagliare personalmente le novità. Apre il rubinetto del bagno e non esce acqua, ritorna nell'ingresso e dice: zero acqua. Lo dice con la faccia dispiaciuta e il ragazzo ringrazia.

Tumulto

Gabriele è uno dei sette Arcangeli nominati nella Bibbia ed è quello che ha annunciato a Maria di essere incinta di Gesú. Chi porta il nome Gabriele è considerato annunciatore di buone notizie. Per gli ebrei è il principe del fuoco. Per i musulmani è lo spirito della verità e ha dato il Corano a Maometto.
Il ragazzo si chiama cosí. È scritto su una cartolina nella sua cassetta della posta.
Gabriele significa: Dio è mia forza.

Suona la chitarra ogni sera. Resto sdraiata sul pavimento e lo ascolto cantare con l'orecchio che diventa freddo. Canta con una voce bellissima che mi tiene sveglia.
A scuola le mie compagne parlano di pillole del giorno dopo e io guardo distrattamente fuori dalla finestra i colombi sul cornicione. La lingua delle mie coetanee è un linguaggio incomprensibile e irrilevante. Arrivano a chiedermi cosa mi faccia sospirare e sbuffare quegli aloni sui vetri e non so di preciso cosa rispondere. Mi chiedono se è per via di mio padre e allora di colpo la piantina di dolore che mio padre ha interrato dentro di me ha bisogno di cure, cosí l'annaffio un po'. La piantina fiorisce e sfiorisce, i giorni passano e il pensiero del ragazzo non passa mai. La mia compagna di banco dice che sono troppo lenta. Che mi lascio scappare le occasioni. La vita in generale, nello specifico i ragazzi, e piú precisamente, lui.
Sa di Gabriele perché l'ha letto sul mio diario una mat-

tina che eravamo all'ultimo piano della scuola, tra aule inagibili, scatoloni e polvere ammucchiata negli angoli. Lei fumava seduta su una pila di vecchi fogli ciclostilati con il mio diario aperto sulle ginocchia, sfogliava le pagine per cercarne una libera e scrivermi il testo di una canzone. Arrivata alla pagina con scritto il nome del ragazzo, piccolo piccolo in basso a destra, si è illuminata.

Le ho spiegato chi è e ho cercato di sottrarle il diario ma lei a quel punto si è avvinghiata al materiale scottante con tutte le sue unghie rosicchiate e l'ha allontanato da me, accendendo di malizia lo sguardo.

L'hai fatto con lui?

Sei scema, nemmeno lo conosco.

La campanella ha suonato la fine dell'intervallo.

Davanti alla porta già chiusa della nostra aula, abbiamo sentito il professore di italiano leggere *I promessi sposi* e quando siamo entrate lui ha esclamato: venite dalla filanda? Ci siamo scusate e sedute al nostro banco, abbiamo aperto Manzoni e la mia compagna ha mimato un attacco di narcolessia.

Ho seguito la storia dei capponi di Renzo, mi sono sforzata di inseguire le parole sulle righe, ma ogni parola andava a impastarsi nei lineamenti di quel volto che si ripeteva all'infinito sul soffitto dell'aula come i vetrini di un caleidoscopio.

Ho ricevuto una gomitata dalla mia compagna: ce l'ha con te.

Il professore mi stava guardando. Voleva sapere cosa ci fosse di tanto interessante sul soffitto, se per caso vedessi il Giudizio Universale degli studenti bocciati.

Hanno riso tutti.

Poi il professore ha intimato: pagina cinquantanove, indicando il mio libro.

Ho iniziato a leggere ad alta voce, pratica che detesto piú di ogni altra cosa. Arrivata ad *agitato da tante passioni, accompagnava col gesto i pensieri che gli passavan a tumulto per la mente* mi sono fermata un istante a riprendere fiato come dopo un'immersione. Allora il professore mi ha scrutata attentamente con i suoi occhietti pungenti e vicini, ha dischiuso le labbra umidicce per gracidare un'altra delle sue massime storiche e io l'ho fermato in tempo, ho ripreso a leggere, gridato: *ora stendeva il braccio per collera, ora l'alzava per disperazione.*

Retrattile

Tu non hai un reggiseno, dice mia madre, e io sento la minaccia in arrivo. Siamo in via XX Settembre, poco dopo l'albergo dove mio padre la tradiva con la pasticcera, ma lei non lo sa.
Perché non mi serve, dico.
Ora ne compriamo uno, dice partendo spedita.
Mi trascina all'interno di un negozio dalle pareti verde pastello e il soffitto giallo canarino.
Sembra una confetteria ma la merce venduta è biancheria intima. Le mutande sono confezionate in sacchetti di caramelle e i reggiseni sono colorati zuccotti di tutte le misure disposti su lunghe mensole di vetro. Mia madre ne sceglie uno per me e mi obbliga a provarlo. È una seconda misura e ha dei coniglietti stampati dappertutto. La commessa mi conduce alle cabine di prova e a me viene quasi da piangere.
Comunque la si tiri, la tenda del camerino rimane sempre di poco scostata e io mi vergogno, sono tanto rapida quanto sgarbata. Mia madre fa capolino con la testa dicendo: come sta? E io la spingo fuori, strillo: mamma vattene, devo ancora agganciarlo!
Evito di guardare il mio corpo come quando esco dalla doccia. Mi rivesto. Dico a mia madre: mi sta, ma non mi piace. Lei lo compra lo stesso. Mi costringe a indossare tutti quei conigli prima di uscire dal negozio. Le chiedo perché e lei risponde: te lo dico dopo. Lo indosso e finalmente siamo fuori.

Ti guardavano tutti, dice mia madre.
Perché?, chiedo. Mica ero nuda.
Lei sorride, dice: perché sei bella. E il reggiseno mi soffoca e cosí cammino in silenzio. Ora faccio caso agli uomini che prima non avevo notato, da adesso ci farò caso per sempre.

Ritornando a casa, sull'autobus, sbircio il seno perfetto di mia madre salire e scendere con il respiro. Spunta tra i bottoni della camicetta e io lo seguo, invidio la calma femminile con cui lo porta, senza vergogna. Legge un volantino pubblicitario sull'agopuntura, ce l'hanno consegnato per strada. È stampato in nero su carta arancione, un logo cinese in cima agli slogan. Sospira e il suo seno si solleva ancora di piú.
Le chiedo se papà le manca e lei accartoccia il volantino tra le mani, dice sottovoce: quante sciocchezze.
Riformulo la domanda, le chiedo anche se non prova dolore, delle fitte allo stomaco quando le capita di pensare a lui e lei allora mi risponde, inspira metà dell'aria contenuta nell'autobus e dice di sentirsi delle spine addosso, e che sono proprio quelle spine a tenere lontana la mancanza di lui.

Sottopelle

Il dolore, penso. Una fortezza di aculei che ci separa dagli altri, un manto che si fida solamente della mano che ama. E penso di desiderarle. Vorrei vedere il mio dolore, contare tutte le sue punte e perdere il conto, ricontare di nuovo e perdere il conto ancora una volta.

Prima di dormire, mia madre viene a sdraiarsi sul mio letto e io le faccio spazio accanto a me. Arriva abbracciata a un libro di storia dell'arte.
Lo solleva, lo innalza come una vela e le sue dita lo sfogliano smaniose di salpare. Perché adesso non lo trovo, sbuffa, l'avrò guardato un milione di volte. Seguo le sue mani affusolate incantare i bordi delle pagine e quando trova ciò che sta cercando, gli occhi le si riempiono di ammirazione. Io guardo. Guardo il libro e cerco una via per attraversare mia madre e capire. È un quadro.
I nostri corpi sono vicini. Le sue spine si sono ritratte. La sua gola è tanto bianca da commuovermi. Chi ha una gola cosí?, penso. Solo lei, questa mia madre strana. Capace di mutare come nessun'altra. Solo mia. Guardiamo il soffitto e lei dice: vuoi che ci andiamo, a vederlo dal vero?
Io non so cosa e non so dove, ma ormai l'ho attraversata. Ho il suo profumo impigliato dappertutto, il suo corpo cosí vicino e quel desiderio di spine.
Le dico di sí.

Didascalia

Compra «Marie Claire» da sfogliare durante il viaggio. Il suo profilo contro il finestrino è scontornato dalla luce della pianura nella nebbiolina del mattino. I nostri stivali di gomma si sfiorano sotto i sedili. A Venezia piove da giorni e noi ci siamo attrezzate.

Sul treno faccio pensieri da treno. Penso ai miei compagni di classe impegnati a copiare il compito di matematica, penso a Gabriele, alle sue canzoni. Ma ogni pensiero si rivela troppo lento per starmi dietro. Il treno viaggia veloce e i pensieri non giungono a destinazione.

Arriviamo alla stazione di Santa Lucia per l'ora di pranzo. Ci sediamo in un bar per tracciare l'itinerario. Mia madre ha una cartina della città e la dispiega sul tavolo tra sé e me.

Quanta acqua, dice.

La schiuma del cappuccino le rimane sul naso e io la porto via con il dito.

I canali tracimano. Corriamo sotto l'ombrello e l'umidità ci arriccia i capelli. L'acqua di un canale passa nell'altro, le gondole sono coperte da teli blu e cozzano attraccate ai pali. Saliamo e scendiamo dalle passerelle di legno. Teniamo alto l'ombrello per attraversare comitive di turisti.

Arriviamo a Ca' Pesaro e dobbiamo strizzarci prima di entrare. Mia madre dice al guardiano: qui da voi aprile è sempre cosí?, poi fa lo sguardo e paga due ingressi ridotti. Si avvicina al quadro che mi voleva mostrare. Sulla targhetta leggo: Felice Casorati, *Le signorine*, olio su tela 1912. Resta in silenzio e mi guarda. È bagnata, accaldata per la corsa e sorride.

Nel quadro sono raffigurate quattro donne, una delle quali molto giovane e nuda, in piedi in una pineta. Attorno a loro, una varietà di oggetti tra cui portagioie, collane di perle, ventagli, uva e altra frutta, cartoline, boccette di profumo e persino un tacchino.

Bello, dico.

Guarda meglio, dice lei, leggi bene.

Guardo meglio e leggo bene come lei desidera e solo allora mi accorgo dell'omonimia. Sotto la ragazza piú giovane, il corpo adolescente denudato, leggo il mio nome.

Mi chiedevi perché ti ho chiamata Bianca.

Indica il dipinto e dice: guarda quante cose inutili hanno sparso in giro per lei, sembrano i Re Magi. Le hanno portato un mucchio di cianfrusaglie, segretamente invidiose. La nascita della donna nella bambina, qualcosa di magnifico.

Fa una pausa. Inspira e stringe le ciglia.

Ho sempre creduto che volessero rinascere ma non sono mai riuscite a farlo. Io sí, quando sei nata tu.

Rileggo i nomi delle signorine e perlustro da cima a fondo la nudità che spicca nel gruppo. La figura essenziale, la forma elementare, categorica, simile a quella delle scodelle, delle uova, dei libri. Bianca, sospiro sottovoce e mia madre è diventata rossa, si avvicina e mi bacia.

Uscite dal museo, ha smesso di piovere. Un ponte dopo l'altro ritorniamo verso la stazione e aspettiamo il vaporetto sedute l'una accanto all'altra, osservando i nostri stivali di gomma lucidi di pioggia.

Sul treno del ritorno, mia madre inizia a intrecciarmi i capelli, cosa che non fa da anni. Compone una lunga treccia che poi lascia ricadere sulle mie spalle, senza legarla in fondo, perché non abbiamo elastici.

Incrocio le caviglie e sollevo le ginocchia fino al mento e lei, anziché dirmi di togliere gli stivali dal sedile, fa lo sguardo e cosí mi frega, dice: tu hai qualcosa che non mi vuoi dire.

Io?

E lei dice: tu; e io dico: niente; e lei dice: figuriamoci se è niente. E io prendo un lungo respiro e le racconto tutto.

Sfrecciare

Quel giorno che tu non mi parlavi perché avevi trovato la lettera, sono andata da lei.

Quando dico *lettera* lei capisce di chi sto parlando e non solo. Capisce che sono stata io a fare in modo che la trovasse. Dischiude le labbra e so che vorrebbe dirmi che non è vero che non voleva parlarmi, o cose del genere, ma dischiude le labbra e poi non dice niente. Aspetta che io vada avanti.

L'ho intravista dalla vetrina, era la donna che incrociavo all'ospedale, sono entrata e anche lei mi ha riconosciuta. Ha lasciato la commessa a servire un cliente e mi ha chiesto di seguirla sul retro. Indossava un camice rosa, una cuffietta da cameriera e le tremava la voce come se avesse avuto paura di qualcosa. Magari di me.

Il retro era una sorta di ufficio e lei mi ha fatto sedere e mi ha guardata ancora. Sembrava emozionata e contenuta e non era assolutamente la donna che mi era sembrata vedendola di sfuggita. Mi ha detto di darle pure del tu ma io non riuscivo, mi sembrava assurdo.

Tu sei piú bella, mamma, ma anche lei un pochino lo è. È diversa da te, in ogni dettaglio. Una bellezza che forse gli uomini conoscono meglio delle donne.

Mia madre chiude gli occhi e poi li riapre. Sono lucidi come specchietti, cercano un particolare che distolga l'attenzione da ciò che prova. Fa un cenno con il mento e io continuo.

Ero andata lí per chiederle delle cose su loro due. Semplicemente per metterla in imbarazzo e farmi del male. Ma poi non ce l'ho fatta, il suo viso mi distraeva. Non mi aspettavo avesse quell'effetto e soprattutto che lei iniziasse a piangere senza dire una parola, guardandomi soltanto. È scoppiata a piangere come una bambina che cade. A quel punto non sapevo cosa fare, allora mi sono alzata, ho fatto per andare via e lei mi ha chiesto di restare ancora un po', ha smesso di piangere. Cosí ho trovato il coraggio e le ho chiesto del bambino e lei ha inclinato la testa e ha detto che non era mai nato. Ha detto di averlo perso, come papà, e che adesso le sembrava una cosa giusta ma subito aveva sofferto tanto. E poi si è alzata e mi ha abbracciata. Io non volevo, mamma, è stata lei ed è stato strano. Mi è sembrato che papà entrasse nel mio corpo e abbracciasse quella donna e che allo stesso tempo, attraverso di lei, lui riuscisse ad abbracciare anche me. Là dentro. Nel retro di una pasticceria dove probabilmente lui era stato, incurante di noi e di tutto il resto. Senza quel bambino che avrebbe potuto esserci, un posto dove i dolci lievitavano eppure mancavano cosí tante cose.

Mamma, mi dispiace.

Non importa amore mio, dice. Poi la sua attenzione è catturata da un trattore rosso che taglia la pianura, un dettaglio di colore nel grigio della pioggia. Piange tra le ciglia. Impedisce alle lacrime di cadere. E dice: devi imparare a difendere il tuo dolore, a lasciarlo crescere assieme a te perché è una cosa preziosa e nessuno lo potrà mai trattare quanto vale.

Il trattore passa, mia madre resta. Restano le sue parole, la sua bellezza nel dolore e le sue spine sottopelle.

Mi guarda e dice che io e Andrea siamo la cosa piú bella che le è capitata nella vita, ti ricordi la metafora dell'arco e delle frecce?

Faccio sí con la testa, il quadratino di carta il giorno della muta.

Ecco, dice, proprio quello.

Rumori

Sbircio ogni arrivo di Gabriele dalla finestra sul parcheggio condominiale. Mi sdraio sul pavimento e ascolto i rumori della sua vita. Se sono sola, riesco persino a sentire il frusciare dei suoi vestiti. A volte lui copre ogni rumore con la musica, altre con un silenzio durante il quale mi addormento anch'io. Rosetta mi trova addormentata lí per terra e dice: che fai? tirati su! Io le rispondo di lasciarmi sentire.
Sentire che cosa?
I rumori.
E lei non chiede, ammette le mie stranezze e sospira, mi fa scivolare un golf sulle spalle.
Prendi freddo.

La casa nuova è una membrana capace di comunicare con un mondo che non conosco. Attraverso il mio pavimento, gli strati di cemento e il suo soffitto, io lo sento e sono attratta da lui come una piccola falena che sbatte ostinatamente contro il paralume.
Riceve una cartolina da Amsterdam. Il catalogo di una casa discografica inglese. Pubblicità. Ascolto le liti tra i suoi genitori e scopro sua madre fumare di nascosto sul pianerottolo, nasconde le cicche al mentolo sotto lo zerbino e poi entra. Però non riesco mai a incontrarlo e cosí mi rassegno. Penso che, se dovrà succedere, succederà quando non ci starò piú pensando.
Riprendo a concentrarmi sullo studio e a guardare film

con mia madre sul divano anziché passare la serata sdraiata sul pavimento. Per non sentire i rumori che provengono dal piano di sotto, ascolto la musica fino a imparare a memoria tre interi album dei Cure. *Faith* risulta il piú isolante dei tre.

Poi, un giorno, vedo Gabriele salire sull'autobus affollato di gente, quello che prendo dopo scuola. Parla con un amico e io lo sento ridere, lo intravedo tra gli zaini e le teste addossate. Riconoscerei la sua voce e la sua risata attraverso muri spessissimi, folle di persone, sconfinati oceani. Scendiamo alla stessa fermata e allora lui mi saluta. Dice: tu sei la mia vicina? E io forse rido troppo, rido con tutti i denti, faccio un sorriso cosí grande solamente per dirgli di sí. Gli si è rotta la vespa ed era troppo stanco per fare tutta la strada a piedi.

Vuoi tornare subito a casa?, chiede.

Scuoto la testa forte quasi da staccarla.

Ci sediamo su una panchina dei giardinetti attraversata da un raggio di sole. Mi chiede dove abitassi prima e io gli rispondo: laggiú. Mi chiede perché ci siamo trasferiti e io gli racconto di mio padre. Brevemente e senza troppi dettagli. Gli dico che è stata mia madre a voler cambiare casa, che quella casa era ciò che siamo stati. Che è stato per via del dolore. Si stringe nelle spalle con le mani in tasca, ascoltandomi, e alla fine della storia dice: mi dispiace.

E tu, da quanto vivi qui?

Io, da una vita.

Fa una pausa, come se stesse ripassando le battute, poi dice: ci sono nato. Ho visto crescere le piante del parco. Anche le piante mi hanno visto crescere. Un po' noioso, se ci pensi.

Faccio sí con la testa e poi mi correggo, dico: dipende. Lui continua, dice: eppure non sono annoiato, tutto sommato è divertente aspettare che accada qualcosa.

Accarezza la grossa testa di un cane arrivato ad annusarci le ginocchia e io gli chiedo: qualcosa di che tipo?

Una cosa normale ma bella.

Guarda le mie ciglia sbattere sugli occhi, le mie dita attorcigliare nervosamente le cinghie dello zaino.
Ti chiami?
Bianca.
Io Gabriele.
Significa: Dio è mia forza.
Lui sta zitto e io penso che non gli importi niente di cosa significa il suo nome, di aver fatto una figuraccia. Abbasso la testa e cerco di pensare a qualcosa da dire, quando lui estrae gli auricolari dalla tasca della giacca e mi porge l'estremità destra.
Vuoi?

Una grande foglia finisce sulle nostre mani. Non la tocchiamo. Vibra come un diapason, bramosa di essere presa dalle dita, ma noi non la tocchiamo, lasciamo che passi da una mano all'altra, sfiorandoci appena.

Voci

Scopriamo un passaggio, un'intercapedine nel muro. Il vuoto dove camminano gli insetti, lasciato da qualche vecchio tubo e mai richiuso. Iniziamo a parlarci cosí, attraverso le griglie che chiudono il buco rimasto sopra il battiscopa delle nostre stanze. Bisbigliando tutte le sere accucciati in un angolo.
Raccontami una storia.
Che storia vorresti?
Una stranissima.
Fammi pensare.
Prima che mia madre venga a dirmi di andare a letto, veloce.
Se sto molto vicina alla griglia, mi sembra di sentire anche i suoi pensieri.
La storia del muro che divide la mia stanza dallo studio.
Si schiarisce la voce e inizia a raccontare.
È stato costruito a mia insaputa quando ero in gita a Firenze due anni fa e da allora è qui a dividere la metà dello spazio che mi è rimasto da quello che mi apparteneva prima.
Mio fratello l'avrebbe tirato giú a calci, dico.
In pratica, continua lui, sono tornato dalla gita poco dopo l'ultima canna fumata sul pullman e ho trovato questo muro in mezzo alla stanza e allora ho pensato che se il muro fosse stato una mia allucinazione i miei avrebbero scoperto in che stato ero e cosí sono rimasto tutta la notte sveglio a fissarlo come un idiota.

Si ferma per lasciarmi il tempo di ridere. Io allora chiedo: e poi?
Non ti è piaciuta?
Mi mangio una pellicina dell'anulare destro.
Insomma, dico.
E comunque era il prologo.
Il prologo di cosa?
Della storia del muro.
Cioè?
Cioè poi attraverso il muro sei arrivata tu, da qui parte la vera storia.

Lui suona la chitarra vicino alla griglia e io mi addormento. Mi sveglia la sua voce, dice: sei ancora lí?
Parlare a questo modo è una scoperta che ci lega l'uno all'altra. Attraverso la casa, le nostre voci s'intrecciano come rami di rampicante, unendo da una parte all'altra del muro anche le nostre vite. Capita che certi giorni ci incontriamo per strada senza salutarci perché tra noi basta uno sguardo, a volte nemmeno quello. Ci serve solo quel vuoto nella pienezza dei muri, quell'albero che trasmette le nostre parole.
Entro nella mia stanza. Scosto il baule dal muro. La sua voce arriva poco dopo, lontana ma nitida.
Lui c'è e io scivolo piano contro la parete facendo aderire la guancia al muro. Il contatto di calce e di pelle mi fa venire i brividi sulla schiena.

Trascrivo alcune frasi che lui dice attraverso l'intercapedine, le scrivo a matita dietro il baule.
Molti dei miei pensieri sono provvisori, mi limito a ospitarli.
Non piú anelli alle narici, non piú gioghi alle cervici, e per sempre in perdizione andran frusta, morso e sprone.
L'ultima parola che il mio migliore amico ha detto è stata «emorroidi», poi è salito in moto, c'è stato l'incidente ed è morto. La frase che la conteneva era «Vado ché devo com-

prare a mia madre la crema per le emorroidi», non ti fa ridere? A me tantissimo. (Si mette a piangere).
Hai mai ingoiato una ciglia?
Vorrei materializzarmi al centro di un albero e osservare come cresce dall'interno.
Sarebbe meraviglioso sapere a cosa pensi quando dico una stronzata e tu stai zitta.

Per moltissimi giorni, parliamo cosí. Oltre le voci, i rumori delle nostre case. Le televisioni del salotto accese e sintonizzate su *Ok, il prezzo è giusto!* e *Superquark*, le urla delle madri per una sciarpa del Genoa abbandonata in cucina, il rumore dell'aspirapolvere, dello sciacquone, le posate sul bordo del piatto e il singhiozzare del vino nel collo della bottiglia.

Nell'intercapedine mi dice: non è vero che il tuo nome non significa nulla. E dice: sei stata una regina di Francia e hai sconfitto in duello il conte di Tolosa, che mai nessuno prima di te era riuscito a vincere. Hai ridotto all'obbedienza altri baroni che si rifiutavano di giurarti fedeltà perché eri donna. Non le sapevi queste cose?

Gli dico di no, che non le sapevo, e lui mi prende in giro. Dice che gli piace la bolla in cui vivo. È pura, dice.

Dice che è bella.

Mi chiede se sono felice e io mi scopro un fremere d'ali monche dietro la schiena, una risposta che la mia voce non riesce a far vibrare ma c'è, lí nel pertugio dove stanno le larve, i modi d'essere che ancora non siamo.

Gli rispondo che un giorno lo sarò di nuovo e che nessuno mi ha mai chiesto se sono felice, prima di lui.

Allora te lo chiederò ogni giorno, risponde. Poi soffia un sorriso tra i buchetti della griglia.

Ogni giorno finché non dirai che lo sei.

Esposizione

Oggi mi sono rotto un braccio.
Come hai fatto?
Non te lo dico, è imbarazzante.
E adesso?
Adesso ho il gesso.
Posso farci la mia firma.
No grazie.
Posso rompermelo anch'io cosí tu firmi il mio.
Cosa ti sei fumata?
Rido e lui sta zitto.
Ieri sera alla radio dicevano che non è dove crediamo di essere vulnerabili che siamo piú esposti, ci pensi mai a questo?
Perché tu dove sei vulnerabile?
Come faccio a dirtelo, non so dove siamo piú esposti.
Ma intendi l'uno verso l'altra o noi due verso gli altri?
Rumore di accendino e poi fruscio di labbra.
Dice: entrambe le cose.
Devi essere piú preciso, dico. O noi, o gli altri.
Silenzio. Battito. Pensiero.
Allora noi, dice.

Esposizione.

Posta

Mi capita di passare davanti alla vecchia casa. C'è un fiocco azzurro appeso all'anta del portone. Leggo il nome ricamato sul cuore: Claudio. Claudicante, malfermo sulle gambe.
Suono al citofono e grido: posta. La vecchietta del quarto piano mi apre. Salgo le scale e mi fermo su uno zerbino a forma di nuvola con il sole che tramonta oppure sorge. Resto in ascolto. Oltre la porta un neonato piange e le unghie di un cane vivace producono un continuo ticchettio avanti e indietro sulla graniglia del pavimento.
Cos'è che invidio a questa famiglia verde come il legno giovane? La speranza? Le menzogne ancora chiuse in gemme? La luce di dentro filtra sotto la porta e illumina due piedi ormai estranei.
No, non invidio niente.
Abbandono la porta e ridiscendo. Nella cassetta delle lettere arriva ancora posta per noi. Una busta indirizzata a mio padre. So come aprire la cassetta senza chiave. È una serratura ridicola, basta uno strattone e lo sportellino cede. Mi premo la busta sul petto ed esco per strada. Cammino a lungo e poi volto l'angolo, mi fermo e apro la busta.
Un'offerta per una fornitura annuale d'olio extravergine.
Ma è per papà, loro l'avrebbero buttata.

Coordinate

Trovo Gabriele seduto nella mia cucina, di spalle accanto a mia madre. Lei lo aiuta con il latino perché lui ha la maturità. Traducono Seneca.
Lui tiene le gambe larghe sotto il tavolo, le ginocchia sfiorano con noncuranza quelle di mia madre, il braccio sinistro ingessato. Sono belli, sembrano quei due sulle banconote da mille lire. Lei finge di dargli uno scappellotto e poi ride. Sono gelosa. Quanta confidenza in cosí poco tempo.
Sua madre ha parlato con la mia. Dialogo tra vicine di casa, attraverso il reticolo del rampicante che separa i terrazzi sfalsati, stendendo le lenzuola. Sua madre ha detto che a Gabriele sarebbero servite delle ripetizioni e mia madre si è offerta con entusiasmo.
Lui si alza in piedi, si stira la schiena, dice: faccio il caffè. Dice cosí, come se quel territorio fosse suo. La voce con cui parla dal vero è quella di un uomo, roca e bassa, e non mi piace. Si volta e allora mi vede sulla porta. Fingo di entrare proprio in quel momento e per l'imbarazzo nemmeno li saluto. Mia madre è ancora china sulla versione. Lui fissa i miei pantaloni bianchi, poi apre uno sportello e prende un barattolo. Io nel frattempo apro il frigo e prendo del succo d'ananas. Chiedo: come va? Mia madre allora si volta ed esclama: ah, sei qui tesoro, non ti avevo sentita.
Gli occhi di lui si posano un istante sul mio inguine, sulla zip piatta e corta dei jeans bianchi. Niente a che vedere con le nostre parole attraverso il muro né con la sua voce là dentro e nelle sue canzoni. I suoi occhi mi infastidisco-

no e lui li rialza immediatamente. Avvita la caffettiera e dice: per fortuna c'è tua madre.

C'è quella luce estiva del dopo pranzo, gialla e calda, filtra attraverso i ricami delle tende di lino e illumina gli oggetti in modo soffice. Resto in piedi a sorseggiare il succo. Gabriele si è seduto e ha ripreso a sfogliare rumorosamente il vocabolario avanti e indietro. Sbircio Seneca oltre le loro schiene. Sbircio dove la maglietta fa una piega sopra alla tavola da surf stampata in rosso. Guardo le sue dita, tutte e dieci. Quelle che spuntano dal gesso e quelle che scrivono sul foglio. Toccano la carta, poi la penna, poi il tavolo, poi i suoi jeans e di nuovo la carta, inconsapevoli di essere studiate nei dettagli, di essere cosí diverse da tutte le altre dita del mondo. Mi chiedo cosa mi stia succedendo ed esco in fretta dalla cucina mentre l'odore del caffè si diffonde nell'aria.

Ci scontriamo nell'ingresso. Lui stava uscendo e adesso si ferma. Mi mostra il braccio ingessato. Sul braccio è disegnato un grafico. Sull'ascissa ci sono dei giorni, sull'ordinata la felicità. Tra gli assi è tracciata parte di una curva, bassa e orizzontale. Chi te l'ha fatto, chiedo. E mi aspetto che risponda il nome di qualche sua compagna di classe che durante una noiosa lezione ha violato la superficie del suo gesso, prima di me. Che sono lenta e perdo le occasioni.

L'ho fatto io, risponde.

E poi dice: sei tu.

Recettori

Nel sogno, prima di svegliarmi, mio padre mi chiama in una stanza. Accorro e lo trovo a quattro zampe sul letto, la testa che mi guarda da sotto, all'incontrario. Mi dice di aiutarlo a tenere ferma la bacinella. Devo aiutarlo a raccogliere il suo sangue. Non capisco da dove esca, ma afferro la bacinella. Il sangue esce e io mi sveglio.
Tu come stai?, chiede una voce che conosco. È la voce a svegliarmi.
Apro gli occhi mentre il sole del mattino divide il cuscino e la mia guancia. Volto la testa. Andrea è seduto per terra accanto al mio letto. Le gambe abbandonate sul tappeto, la nuca appoggiata sul materasso e il viso al soffitto.
Sei tu, sospiro.
Chi pensavi che fosse?
Gabriele, rispondo senza riflettere.
Ah già, quello del muro.
Mi stropiccio gli occhi e lentamente mi ricordo del sogno.
Io ancora non ci credo, dice Andrea. Lo preferivo vivo con un'altra che morto con nessuno.
Capisco che sta parlando di nostro padre e il mio sogno si dispiega un'altra volta.
Ma che ore sono?
Le sei.
E sei tornato a casa adesso?
Mi sono fatto un acido.
Balzo sul letto lanciando una specie di urlo.
Sul serio?

Sul serio.
Non ci credo.
Me lo sono fatto ieri pomeriggio.
Potevi rimanere scemo e anche morire.
Andrea ride, dice che se lo augurava. Ho provato, dice.
Ma lo farai di nuovo?
Scuote la testa.
Perché, non ti è piaciuto?
Mi sono spaventato molto.
Giura.
Dài, scema, basta.
Hai fatto una cazzata.
La tua prima parolaccia, esclama.
Avvampo di rabbia e vorrei picchiarlo ma lui mi guarda con quegli occhi che aveva da bambino.
E me lo chiede ancora: tu come stai?
Un'altra volta.
Il sole divide in due anche Andrea, i suoi occhi belli e lui ne stringe uno senza spostare la testa. È una lama d'oro dove muovo una mano, restiamo a guardare le mie dita bagnate da quella sostanza strana che è la luce. Nelle sue ciglia mi sembra di riconoscere lo stesso dolore, a intervalli diversi. Di non essere sola.
Sembri un vampiro che dorme con un occhio solo, dico.
Fammi spazio, dice lui, e si sdraia accanto a me nel letto.
Posso dormire un po'?
Ok.
Puoi dire alla mamma di lasciarmi dormire?
Ok.
Forse sogneremo, in quel lungo sogno, che noi non siamo quelli che piangono.
Andrea?
Mmh.
Me lo giuri?

Vertigine

Madre e figlia hanno mantenuto la promessa e adesso le guardo incedere allo stesso modo. Stessa borsa appesa al braccio e stesso tacco che provoca microesplosioni di ghiaia fino al portone. Un solo gesto coordinato per ravviarsi i capelli sulla testa, stessa decolorazione e stesso taglio. Unica differenza: un quarto di secolo sul viso. Per il resto, mia cugina Beatrice e sua madre Letizia varcano la soglia della nuova casa con lo stesso stacco di gamba. La stessa vertigine.

Fi-nal-men-te!, esclama mia madre baciandole e prendendo loro i bagagli.

Zia Letizia inizia a vagare per le stanze, battendo le mani entusiasta e Beatrice chiede di fare subito una doccia per eliminare il sudiciume del treno.

Da bambina sparpagliavo oggetti rosa in giro per evitare che mi rubasse i giocattoli ai quali tenevo di piú. Piccole spazzole, piccole scarpe, pupazzetti, tutto ciò che era rosa veniva disseminato preventivamente dal corridoio alla camera, per depistarla. Lei ne era attratta come una gazza ladra. Raccoglieva e nascondeva prima in tasca, poi nella borsa di sua madre. Con questo sistema avevo evitato molti furti. Quando Gabriele e Beatrice si incontrano nell'ingresso, mi chiedo perché mai io non abbia usato le stesse precauzioni.

Lui e il suo vocabolario, lei e il mio accappatoio bianco. Lui per la sua ora di ripetizioni, lei per rubarmi tutto ciò che le piace.

Si guardano un istante, poi il ragazzo entra in cucina dicendo a mia madre: nel frattempo ricopio in bella questo disastro. Beatrice lo segue a ruota e va a cercare da bere nel frigorifero. Prevedibile come uno schiamazzo di gallina quando si battono le mani.

I suoi capelli gocciolano sul pavimento. Emana profumo di uova. Osservo mia cugina piú da vicino, fisso le sue labbra e noto piccoli grappoli di uova ai lati della bocca. Indietreggio e lei ride.

Mi si accende un fuoco dentro.

Qualche ora piú tardi, attraverso l'intercapedine, Gabriele sembra distratto e assente, sfoglia le pagine di un libro e biascica tra i denti una rotella di liquirizia.

Perché stasera non suoni?
Perché non mi va.
Sospiro.
Sei preoccupato per gli esami?
No.
Sbadiglia.
Sei stanco?
Un po'.
Poi dice: domani sera non ci sono, vado a ripassare filo da un'amica.

Il piccolo fuoco scoppietta, brucia senza scaldare e le sue scintille illuminano tutta la notte.

Balene

Non riesco a dormire. Guardo un documentario sulle balene che immerse nel loro mondo senza barriere danzano, si sposano e fanno balenotteri.

Mi chiedo se le conversazioni nel muro tra Gabriele e me potranno mai diventare materiale da documentario. Fondo i miei occhi con il blu acceso dello schermo e la voce dell'uomo fuori campo dice:

Il giovane maschio, dopo il pasto abbondante, individua la presenza della femmina attraverso l'intercapedine, svelata da alcuni movimenti di lei in superficie.

Nascosto in profondità, il giovane maschio inizia a cantare una canzone dal forte richiamo sentimentale, mentre la giovane femmina ascolta innamorata, nonostante la sua massa corporea sembri opporsi in tutto e per tutto all'amore.

All'improvviso, il giovane maschio è attratto da un altro rumore, proveniente da fuori: è un'altra femmina, giunta di sorpresa a rovinare l'incanto.

Il giovane maschio abbandona l'intercapedine e si allontana, istintivamente, alla ricerca di piú facili effusioni.

Per la giovane femmina è giunto il momento di scegliere.

Se non uscirà allo scoperto, perderà il giovane maschio e improvvisamente l'oceano sarà per lei un luogo di immensa tristezza e fatale solitudine.

Cerco il telecomando tra le dune della coperta, lo impugno e spengo la televisione. Sento dei rumori nella stanza di Gabriele, si sta spogliando per andare a letto, cosí prendo il cuscino e ci ficco sotto la testa. Voglio che

il fuoco si spenga al piú presto. Mi chiedo se lui mi trovi un po' bella.
 Accidenti, penso. Non è mica cosí che si spegne.

Feromone

Il mattino seguente Beatrice m'informa di aver incontrato Gabriele per strada davanti al panificio. Abbiamo fatto un pezzo di strada insieme.
Di cosa avete parlato?
Non abbiamo parlato.
Avete fatto un pezzo di strada insieme e non avete parlato.
No, però è carino.
La osservo ancheggiare fino alla mia stanza. Vorrei pungerla con del veleno, strangolarla con un tentacolo, fare qualcosa di sbagliato e che dopo questa cosa sbagliata lei sia morta. Non succede niente di tutto questo e lei sale sul mio letto a gambe incrociate e inizia a mandare messaggi alle sue amiche fotomodelle.

Quando Gabriele arriva per l'ora di ripetizioni, Beatrice si è addormentata nella mia stanza e io la chiudo a chiave. Mi sento nera come un livido. Vado in cucina e lui è già seduto a correggere gli errori della sua versione, mastica il tappo della bic tutto concentrato.
Sottraggo la felpa che ha lasciato nell'ingresso e mi chiudo in bagno. Seduta sul bordo della vasca annuso il tessuto che profuma di lui. Lo respiro. Tengo gli occhi chiusi e il fuoco mi brucia dentro, assieme ad altri sentimenti che di colpo riconosco. Riapro gli occhi e guardo da vicino la felpa. Cerco le uova che Beatrice ha deposto su di lui e quelle, piccole e rosa, di colpo si materializzano sotto il mio naso.

Lo sapevo, penso. Ci sono uova dappertutto.
Nascondo la felpa nel cesto della biancheria sporca. Affondo le mani tra le mutande di Andrea e i collant di mia madre, asciugamani umidi e jeans sporchi di fango, e premo là sotto la felpa di Gabriele, con rabbia.
Esco dal bagno e mi siedo in soggiorno.
Quando le ripetizioni finiscono, Gabriele esce dalla cucina mentre mia madre lo saluta.
Hai visto la mia felpa?, chiede, sollevando il braccio ingessato per grattarsi la testa.
Alzo le spalle e dico di no.
Strano, l'avevo lasciata qui.
Magari ti sbagli.
Crede di sbagliarsi, sorride e si attarda sulla porta, prima di chiudersela alle spalle dice: io stasera ci sono, non vado a ripassare.
Attendo che la serratura scatti, poi mi alzo e vado da mia madre, le chiedo quando le nostre ospiti se ne andranno e lei mi racconta di un provino per lo spot di un dentifricio, motivo per cui partiranno domani.
Nel frattempo Beatrice si è svegliata e bussa antipaticamente le nocche contro il legno, chiama: Bianca, aiuto, non si apre la porta!
Mia madre mi guarda: perché non si apre la porta?
Scrollo le spalle ancora una volta.
Strano, sospira. Vai un po' a vedere.

Il giorno dopo se ne vanno. Le accompagno in stazione per esserne sicura. Beatrice profuma di zucchero e guarda negli occhi tutti gli uomini che le passano accanto. La sua salivazione aumenta, la schiuma che contiene le uova fa capolino agli angoli della bocca. Sale sul treno, sistema i bagagli e si affaccia dal finestrino. Mi dice di salutarle Gabriele. Le dico che lui non le ha fecondate. I rumori della stazione coprono la mia voce e lei grida: cos'hai detto? Le tue uova, grido. Le mie cosa?

Camicia

Sostiene gli esami. Si taglia i capelli e indossa una camicia elegante. Litiga con i genitori per non togliere il gesso. Ci nascondo dei bigliettini dentro, non posso toglierlo proprio ora. Tre prove scritte, poi l'orale. Passa con una buona media. Il tappo dello spumante colpisce il soffitto e io lo sento attraverso il pavimento, sorrido. Gli faccio i complimenti nell'intercapedine e lui mi dice: scendi a mangiare una fetta di torta.

Scendo. Venti gradini e poi sua madre che apre la porta. Stesso sorriso del ragazzo. Bianco come le pareti. Come le calle nei vasi. Resti di una cena. Tavola da quattro. Mi siedo al posto vuoto. Addento il mio pezzo di torta. Cioccolato agli angoli della sua bocca. E della mia. Un altro brindisi. Gli hanno regalato un biglietto per un concerto in Inghilterra. Gli chiedo conferma. Vacanza compresa, risponde. Il padre scherza. Dice qualcosa che non capisco. Ride. Stringo gli occhi e tendo le guance. Rido anch'io. Gabriele rivela l'esistenza dell'intercapedine.

Mostra a suo padre com'è semplice parlare con la stanza di sopra. Lo porta nella sua camera. Il padre dice che non è possibile. Si accucciano. Gabriele scopre la griglia. Mi batte il cuore fortissimo. Divento triste. La madre mi offre un altro pezzo di torta e io penso che è tutto finito.

Lui fa una battuta, dice che non sta mica partendo per la guerra, e io gli dico: non ridere. Ma lui ride lo stesso: cosa ti prende? Mi volto. Esco di corsa. Torno a casa e moltissime cose ritornano assieme a me.

Parte per le vacanze e io provo a non trattenere niente, né gioia né tristezza, lascio andare via tutto.
Incido parole a caso sul muro e poi le cancello con la punta di un coltello.
Rimango in città ad aspettare che qualcosa accada e in città non accade niente.

Correre

I termometri segnano quarantadue gradi all'ombra. Gli anziani muoiono e i turisti si gettano nelle fontane assieme a cani e piccioni in cerca di refrigerio. L'asfalto si scioglie sotto i cavalletti delle moto e anche la nuova casa sembra sul punto di sciogliersi. Le guarnizioni dei vetrocamera si espandono e si staccano dalle finestre, le piastrelle della cucina si sollevano e mia madre deve raschiare via dal comò la sua collezione di candele. È un agosto cosí, nemmeno le cicale trovano l'energia per frinire. Tutto sembra assopito, annientato. Ma a parte questo, non accade nient'altro.

Nostra madre valuta se andare in qualche posto piú fresco all'ultimo minuto, ma poi quell'afa rintronante fa assopire anche le sue migliori intenzioni. Riempie il bidet d'acqua e cubetti di ghiaccio, ci tuffa i piedi gonfi e fa aderire la fronte alle piastrelle fresche del bagno.

Dice: se volete raggiungere qualche vostro amico in qualche posto, andate, i soldi sono nella borsa.

Andrea prende metà dei soldi nella borsa e parte, raggiunge un suo amico all'Isola d'Elba e là rimane per quasi due settimane.

Io invece resto a casa, con mia madre che sembra incapace di provvedere a se stessa e continuamente si misura la pressione per non svenire.

Fuori, solamente i ricordi si aggirano per le strade. I miei si muovono nel parco, ombre che sfilano davanti alle tapparelle abbassate, silenziosi e sinistri. Mi avvicino alla finestra della sala e ne sento uno ansimare. Mi riconosce

e vorrebbe catturarmi, scuotere la catena di listelli che ci separa, e io indietreggio, dico a mia madre: stai lontana dalle finestre.
Ma devo uscire a fare la spesa.
Ci vado io.
Mi consegna una lista pregandomi di ricordare il latte.

Cauta, mi muovo rapida tra le piante e raggiungo la strada. Attraverso la striscia di asfalto molle, svicolo in una mattonata deserta e raggiungo un piccolo supermercato che conserva all'interno una temperatura polare. Non rispetto la lista. Riempio il carrello di cibi in scatola con l'intenzione di barricarmi in casa almeno fin quando il pericolo dei ricordi non sarà passato. Faccio in fretta. Esco dal supermercato con tutto lo scatolame che pesa e si somma al peso dell'afa. Corro trascinando la borsa fino alla stazione della funicolare. Ho dimenticato il latte ma ormai è tardi per tornare indietro. Le porte della cabina rossa si chiudono e i ricordi frenano contro il vetro. Mi inseguono, si arrampicano lungo i cavi, le funi d'acciaio che trascinano la funicolare verso la circonvallazione. Salto i tornelli e attraverso i giardinetti guardandomi alle spalle in continuazione. Imbocco la strada privata e nel parco mi acquatto dietro le palme nane, raggiungo il portone. Lo chiudo e guardo i ricordi rimasti fuori ad agitarsi oltre il vetro. Un temporale squarcia il cielo d'agosto e io rimango un po' di tempo nel portone a osservare quel nubifragio nel sole, mentre laghetti d'acqua dorata si formano nella ghiaia.
Ci sediamo sul pavimento e facciamo un picnic domestico. Apriamo scatolette di tonno, piselli, pere sciroppate e mangiamo con le gambe incrociate, gli occhi incantati sul terrazzo che lentamente si allaga.
Ti ricordi, dico a mia madre, quando mangiavo la pioggia con papà?
Vagamente, risponde lei.

Legge l'etichetta di una scatola, dice: buono questo ananas. Poi sussulta, guarda la finestra ed esclama: cos'è stato?
Qualcosa ha sbattuto contro la tapparella dell'ingresso.
Ssh, dico. Parlavamo troppo forte e ci ha sentito.
Chi ci ha sentito?
Il mio ricordo di lui.

Zero

Andrea ritorna pieno di pelle abbronzata che si stacca e magliette da lavare. Nostra madre gli chiede se ha combattuto in trincea o è andato al mare. Lui la ignora e si mette a contattare tutti i suoi amici, appena mezz'ora dopo essere rientrato.

Estrae un paio di grandi forbici dal cassetto del bagno e dice: aiutami a fare una cosa. Penso voglia uccidere qualcuno, invece peggio. Esce sul terrazzo e si siede su una sedia. Si sistema un asciugamano sulle spalle, scioglie i capelli trattenuti dall'elastico, scuote la testa e solleva le forbici, in attesa che io le prenda in mano. Dice: taglia. Io dico: perché?

Tu taglia, risponde.

Inizio a tagliare i suoi bellissimi capelli. Le lame delle forbici da barbiere che nostro padre usava per spuntarsi le basette sono ormai poco affilate e faticano a recidere le ciocche troppo grosse, cosí ne faccio di piú piccole, le trattengo tra indice e medio e taglio.

Alla fine del lavoro, Andrea sembra un pulcino spettinato. In pochi minuti si è separato per sempre dai capelli per i quali ha dovuto combattere ogni giorno quando nostro padre non approvava.

Si piazza davanti allo specchio del bagno, accende la macchinetta e prende a radersi la testa a zero.

Non credo ai miei occhi. Infilo le maniche del mio cardigan di cotone a righe preferito e dico: ciao, io esco.

Il ronzio della macchinetta copre il rumore della mia voce e nessuno risponde.

Andrea si è tagliato i capelli, dico a Rosetta appena mi apre la porta della sua casa. È tornato dalle vacanze e ha deciso di tagliarli a zero.

Mi sfilo il cardigan, sudata per il viaggio in metropolitana, la corsa per le strade di Rivarolo e quella su per le scale del palazzo, tre scalini alla volta.

Ti faccio una limonata bella fresca, dice e io esco a prendere un po' d'aria sul balcone.

Bevo un lungo sorso di limonata osservando le anatre nel torrente. Beccano il pelo dell'acqua e arruffano le penne al sole.

Allontano il bicchiere dalle labbra, prendo fiato e dico: ma hai capito cos'ha fatto?

Rosetta sospira allargando le braccia per sdrammatizzare.

Sarà innamorato, dice.

La guardo incredula: innamorato di chi?

Divento rossa, la parola *innamorato* m'imbarazza e Rosetta se ne accorge, mi prende il bicchiere vuoto e rientra in casa. Ci sediamo in cucina e io la guardo, ma la guardo diversamente dal solito. È come se finalmente potessi vederla davvero. Le voglio bene. Il bene che le voglio l'ha sempre nascosta ai miei occhi. La sua forma, il suo profumo, la mia casa, la nostra famiglia. I suoi vestiti, il suo accento e la sua risata a bocca chiusa, la sua vestaglietta da lavoro nella nostra dispensa, i successi italiani che canticchia mentre stira le nostre lenzuola. Ogni cosa che so di lei compie un piccolo percorso che riguarda lei soltanto e poi ritorna a me, su di noi, nella mia casa. Che altro c'è?

Com'è morto tuo marito?, chiedo all'improvviso.

La domanda mi esce spinta dalla voce, istintiva. Lei è sorpresa, non se l'aspettava. Da me. Da nessuno al mondo.

Perché me lo chiedi?

Perché non lo so.

Getta le metà svuotate dei limoni nel secchio e rimette il

coperchio al barattolo dello zucchero. Si siede sulla sedia e sospira. Dice: lo sa soltanto la gente di qui, che è come me. Gente che si tiene le cose sul pianerottolo, nel caseggiato, al massimo le lascia scorrazzare fino alla fine della via. Le nostre storie hanno le gambe corte, la vita breve, nessuno le mastica e rimastica come lenticchie a Capodanno.

Rosetta mi guarda e io mi chiedo cosa veda. Lei che sa tutto di me, una bambina borghese con la sua storia da quartiere borghese, tramandata da tutti come una favola cattiva, eppure naturale.

Mio marito si è impiccato, dice.

Poi si alza e raggiunge la credenza. Mette in una borsa di stoffa due barattoli di marmellata di prugne e mi accompagna all'ascensore. Chiude le porticine e mi guarda partire. Mi guarda e i suoi occhi non lasciano i miei finché un pianerottolo non li separa. Mi manda un bacio con la mano l'istante prima. Chiudo gli occhi e dentro mi sento una cosa che m'illumina come se avessi ingoiato una lucciola.

D'argento

Sento che è tornato. Non lo so per certo, ma lo sento. Il cuore mi batte piú forte e questo è il segnale.
Inizio a parlare. Non ho capito se Gabriele sia lí, dall'altra parte ad ascoltare, però inizio a parlare lo stesso.
Penso che nel grafico dovresti saltare questi giorni, dico, sono stata cosí triste che non ti starebbero sul braccio.
Sento il ragazzo schiarirsi la voce e allora non parlo piú. Rimango con lo sguardo incantato in un punto tra il letto e la scrivania, in attesa di qualche sua reazione, con il dubbio che sia davvero tornato.
Ma Gabriele è lí e improvvisamente fa sentire la sua presenza con movimenti e rumori riconoscibili. Si mette ad accordare la chitarra, girando le chiavette e producendo fruscii metallici e risonanze nella cassa armonica.
Non parla, prova due note e inizia a suonare una canzone che dice qualcosa come: sei la mia sola casa, occhi d'argento, ti voglio vedere brillare.

Allora ci sei.
Ci sono.
Che canzone era?
Jeff Buckley.
Soffio un sorriso attraverso la griglia e dico: sempre lui.
Ripone la chitarra sul legno del pavimento, la nuca contro il muro e solleva il viso al soffitto. Lo vedo. Posso farlo. Posso dire di vederlo meglio di quanto l'abbia mai visto prima.

Sento il suo sguardo penetrare nel solaio, sbucare nella trama del mio tappeto e scivolare su di me, sulla pelle che ricopre tutto il mio corpo.
Lui dice: sempre noi.

Cuspide

Ci vieni al mare con me?
Quando?
Pensavo domani.
Silenzio.
Allora?
Sí.
Sí al mare o sí sto prendendo in considerazione la tua proposta e ti farò sapere nell'arco della vita?
Sí al mare domani.
Allora scendi dopo pranzo, per le due?
Silenzio.
Ehi.
Sí.
Sta per dire qualcosa poi ci ripensa. Sintetizza tutto in un profondo respiro.
A volte non ti capisco.

Il mare. Noi due. Domani.

Giallo

Entro nella stanza di mia madre e mi fermo di fronte allo specchio dell'armadio. Faccio scivolare i pantaloni e mi sfilo la maglietta e il resto. Mi sciolgo i capelli. Inspiro profondamente e mi guardo per la prima volta allo specchio. Nuda e consapevole di esserlo.
Quello è il mio corpo, penso. L'ho mosso e poi l'ho fermato. L'ho aperto e richiuso, stancato e riposato, nutrito e maltrattato, consumato, fatto sanguinare, ricoperto di varicella, gettato tra le braccia di mio padre, di mia madre, le braccia affettuose di qualcuno, oppure di nessuno quando invece avrei dovuto. Quello è il mio corpo e non l'avevo mai visto. Andrà bene un corpo cosí?
Lo guardo da tutte le angolazioni possibili. Con le scapole rivolte allo specchio guardo la pelle tesa. I noccioli della colonna vertebrale affiorano e seguono la linea della schiena fino a scomparire tra i lombi segnati da due fossette ovali. Mi avvicino e guardo meglio: è pelle tesa come un tamburo, come un palloncino, come la schiena della mamma il giorno della sua muta. I piccoli seni sfiorati per la prima volta dal palmo della mia mano che si allontana subito dopo il contatto. Tutta la mia pelle tesa rabbrividisce all'istante.
È per questa musica, penso. Volto la testa e resto in ascolto. Il pianoforte sta suonando davvero.
Rivesto in fretta il mio corpo, lo nascondo nei vestiti e poi esco dalla camera.
Mi fermo sulla soglia del corridoio e mia madre è al

centro del soggiorno, sulla sua figura riverbera la luce già autunnale della sera.
È seduta al pianoforte. È lei a suonarlo. Il panno che ricopre la tastiera è adagiato sul suo grembo. Le mani scivolano sui tasti con una naturalezza impossibile da descrivere. Lo spartito rimasto aperto per anni sui righi e sulle note adesso diventa musica. Lei non lo guarda, suona ad occhi semichiusi, con la semplicità di quando cucina, o respira, o cammina. Nel silenzio s'infrangono quelle note. Un alveare che si spacca. Api che sciamano e colorano la casa di giallo, tutte le note che le sono mancate aleggiano nelle stanze e sono libere.

Abitanti

Ha tolto il gesso e ora il suo braccio è una zampa bianca del corpo abbronzato. Mi aiuta ad allacciare il casco sotto il mento, solleva il cavalletto della vespa con una spinta e dice: sali.

Abbraccio la sua schiena. Nel traffico, lungo il mare, nell'ombra delle palme, mentre l'orizzonte spezzato dai palazzi ci insegue tratteggiato. Le sue mani strette alle manopole sono delicate e belle. Parla. Conversa a voce alta ad ogni semaforo. Cerco di sentirlo attraverso il casco. Gli chiedo di ripetere. Lui dice: niente. Sorride. E dentro mi sento tutto.

Arriviamo alla piccola stazione di Pieve Ligure e lui parcheggia la vespa sotto un grande pino marittimo. Lo seguo giú per una ripida mattonata, tra muri di cinta e frammenti di conchiglie intrappolati nella malta. Raggiungiamo il posto dove è solito fare il bagno con gli amici. Stendiamo gli asciugamani e ci spogliamo. Restiamo nudi eccetto il costume. Il suo corpo abbronzato sembra fatto di caramello. La mia pelle è pallidissima, mi vergogno. Fuori mi sembra di non avere niente. Non so come fare a portare il tutto che ho dentro, fuori dove ho niente. Guardo il mare.

I sassolini friggono nella schiuma bianca lasciata dalle onde a riva. Il sole sta scaldando le nostre teste come pentolini al fuoco.

Ci buttiamo in acqua?, dico.

Vieni con me.

Mi alzo e lo seguo su per la scogliera. Si volta a porgermi la mano e io la stringo e non la lascio piú fino in cima.
Quando mi affaccio a guardare mi manca il respiro. Il mare è tumultuoso, pericoloso, leale.
Gabriele dice: insieme? E io: insieme cosa?
Cosí lui sorride. È solo un tuffo, dice.
La fossetta si apre sulla sua guancia e m'ingoia come un burrone. I lacci del mio costume, i miei capelli, ogni cosa è gettata verso di lui da quel vento che spinge entrambi in direzione dello strapiombo.
La persuasione muove la mia mano verso la sua, la sua verso la mia, per stringere, trattenere. Ripete quella frase: è solo un tuffo. Il suo polso bianco mi aggancia e mi spoglia. Mi trascina via.

Salto, grido e le nostre mani si dividono nel vuoto. La mia schiena si è aperta in due. Un taglio netto e profondo attraverso il quale il mio nuovo corpo è sgusciato nel sole. I due lembi si sono separati come una cerniera, si sono allargati, hanno lasciato fuoriuscire quel corpo identico al primo ma dai colori piú accesi che è piombato giú bucando il mare come un sasso. Capisco che è successo quando alzo la testa e mi vedo ancora lassú, in cima alla scogliera, cristallizzata nell'atto di saltare. Le punte dei piedi ancorate alla roccia. Vuota, attraversata dal sole e dal frinire delle cicale. Un involucro che il vento afferra l'attimo dopo. Lo seguo con lo sguardo, un sacchetto che si attorciglia su se stesso in balia delle correnti. Ciò che sono stata.

Le onde sbattono insistenti contro la roccia. Lascio andare la mia testa, sollevo il bacino, apro le gambe e le braccia. Galleggio cosí, mostro il mio nuovo corpo al sole. Poi Gabriele mi trascina sott'acqua.
Prende i miei fianchi e li avvicina ai suoi. Il suo viso sposta masse d'acqua e materia, il mare intero, e viene da me. Le sue labbra da me e il suo respiro da me e la sua aria

da me, proprio dentro di me. Gabriele mi bacia ed è il primo bacio del mondo. Mi bacia e tutte le cose che avevo perso all'improvviso ritornano in quel bacio.

Distesa sui sassi, il fiato corto per la nuotata a riva. Il respiro solleva il petto, lo rigetta verso terra. Alzo un braccio sopra il viso e guardo il profilo della mia mano controsole. Osservo le mie spine. Un contorno frastagliato di aculei, il dolore che finalmente affiora.
Mostrerò a mia madre le spine e lei per l'emozione non riuscirà a parlare. Faremo una torta mescolando la farina con le mani e le spine. La guarniremo con glassa, la lasceremo raffreddare sul davanzale e prima di mangiarne una fetta, resteremo a guardarla da vicino.

Dopo la muta gli insetti sono soliti nutrirsi della vecchia pelle per reintegrare sostanze nutritive che altrimenti andrebbero perdute. Ne fanno piccole porzioni e a morsi altrettanto piccoli mettono in salvo ciò che sono stati. Lo trasformano per ciò che saranno.

Indice

Parte prima

- p. 7 Lenza
- 11 Uova
- 15 Soldatini
- 17 Lesioni
- 18 Aria
- 22 Raschiamento
- 23 Varechina
- 28 Argini
- 32 Canederli
- 35 Correnti
- 37 Amplesso
- 39 Uncini
- 41 Denti
- 43 Propaggini
- 46 Orale
- 49 Crepe
- 52 Esecuzione
- 55 Sutura
- 57 Passi
- 59 Bambú
- 62 Soffitto
- 64 Collisioni
- 69 Applauso
- 70 Elemosina

p. 73	Diorami
76	Bilico
81	Aderente
84	Luci
86	Precipitare
89	Idra
90	Vestaglia
91	Microscopico
92	Filo
93	Cassa
95	Rami

Parte seconda

99	Vivi
101	Destinazioni
102	Epifragma
104	Riferimenti
107	Dicerie
108	Duemila
110	Quarantaquattro
111	Recidere
114	Arca
119	Annunciazione
121	Abissi
124	Lasciarti
125	Masticare
128	Annidamento
131	Dettagli
134	Pugni
136	Graffiare
137	Preda
139	Taci
143	Clorofilla

p. 144	Interferenze
145	Tumulto
148	Retrattile
150	Sottopelle
151	Didascalia
154	Sfrecciare
156	Rumori
159	Voci
162	Esposizione
163	Posta
164	Coordinate
166	Recettori
168	Vertigine
170	Balene
172	Feromone
174	Camicia
176	Correre
179	Zero
182	D'argento
184	Cuspide
185	Giallo
187	Abitanti

Per ogni volta che hai detto: raccontami una storia,
bella o brutta purché sia tua.
Dal primo all'ultimo *cuf cuf* e alla *vie en rose*.

*Stampato per conto della Casa editrice Einaudi
presso Mondadori Printing S.p.a., Stabilimento N. S. M., Cles (Trento)
nel mese di maggio 2011*

Ristampa   C.L. 20700   Anno

0   1   2   3   4   5   6   2011   2012   2013   2014